T0258612

Los tres crímenes
de Arsène Lupin

Los tres crímenes de Arsène Lupin

Maurice Leblanc

Traducción de
Lorenzo Garza

Rocaeditorial

Título original: *Les trois crimes d'Arsène Lupin*

© 1910, Maurice Leblanc

Primera edición en este formato: mayo de 2021

© de la traducción: Lorenzo Garza
© del diseño e ilustración de cubierta: Ignacio Ballesteros

© de esta edición: 2021, Roca Editorial de Libros, S. L.
Av. Marquès de l'Argentera, 17, pral.
08003 Barcelona
actualidad@rocaeditorial.com
www.rocalibros.com

Impreso por Black Print CPI Ibérica SL

ISBN: 978-84-17821-87-6
Depósito legal: B-6527-2021
Código IBIC: FA; FF

RB21876

1

En el palacio de la Santé

I

En el mundo entero se produjo una explosión de risa. Ciertamente, la captura de Arsène Lupin provocó gran sensación, y el público no le regateó a la policía los elogios que esta merecía por esa revancha tan largo tiempo esperada y tan plenamente obtenida. El gran aventurero había sido apresado. El héroe extraordinario, genial e invisible, languidecía como los demás presos entre las cuatro paredes de una celda de la prisión de la Santé, aplastado a su vez por esa potencia formidable que se llama «justicia», y que, pronto o tarde, fatalmente, derriba los obstáculos que se le interponen y destruye la obra de sus adversarios.

Y todo eso fue dicho, impreso, repetido, comentado y remarcado. El prefecto de policía recibió la condecoración de la Cruz de Comendador y el señor Weber, la Cruz de Caballero. Se exaltó la habilidad y el valor de sus modestos colaboradores. Se aplaudió. Se cantó victoria Se escribieron artículos y se pronunciaron discursos.

Sea. No obstante, hubo algo que dominaba ese maravilloso concierto de elogios, esa alegría trepidante, y fue una risa loca, enorme, espontánea, inextinguible y tumultuosa.

¡Arsène Lupin, desde hacía cuatro años, era el jefe de la Seguridad!

Y lo era desde hacía cuatro años. Lo era en la realidad, legalmente, con todos los derechos que ese título confiere, y con la estima de sus jefes, el favor del Gobierno y la admiración de todo el mundo.

Desde hacía cuatro años, la tranquilidad de los ciudadanos y la defensa de la propiedad habían estado confiados a Arsène Lupin. Este velaba por el cumplimiento de la ley. Protegía al inocente y perseguía al culpable.

¡Y qué servicios había prestado! Jamás el orden se había visto menos turbado, ni nunca el crimen había sido descubierto con mayor seguridad y más rapidez. Recuérdese, si no, el asunto Denizou, el robo del Banco Crédit Lyonnais, el ataque al rápido de Orleáns, el asesinato del barón Dorf… O sea, otros tantos triunfos imprevistos y fulminantes como el rayo y otras tantas proezas que podrían compararse con las más célebres victorias de los más ilustres policías.

En otra época, en uno de sus discursos con motivo del incendio del Louvre y la captura de los culpables, el presidente del Consejo, Valenglay, para defender la forma un poco arbitraria en que el señor Lenormand había procedido, exclamó:

—Por su clarividencia, por su energía, por sus cualidades de decisión y de ejecución, por sus procedimientos inesperados, por sus recursos inagotables, el señor Lenormand nos recuerda al único hombre que, si hubiera vivido todavía, le hubiese podido hacer frente, es decir, Arsène Lupin. El señor Lenormand es un Arsène Lupin al servicio de la sociedad.

Y he aquí que, en realidad, el señor Lenormand no era otro sino el propio Arsène Lupin.

El que fuese un príncipe ruso importaba poco. Lupin estaba acostumbrado a esas metamorfosis. Pero ¡que fuese jefe de Seguridad! ¡Qué encantadora ironía! ¡Qué fantasía en la conducción de esta vida extraordinaria entre las más extraordinarias!

¡El señor Lenormand! ¡Arsène Lupin!

Ahora se explicaban las proezas, milagrosas en apariencia, que todavía recientemente habían llenado de confusión a la muchedumbre y desconcertado a la policía. Se comprendía ahora el escamoteo de su cómplice en pleno Palacio de Justicia, y en pleno día y en la fecha fijada. Él mismo lo había dicho: «Cuando se conozca la simplicidad de los medios que yo he empleado para esta evasión, la gente quedará estupefacta. Dirán: «¿Se reducía a esto todo?». Sí, no era más que todo esto, pero era preciso haber pensado en ello».

En efecto, era de una simplicidad infantil: bastaba con ser jefe de Seguridad.

Mas Lupin era jefe de Seguridad, y todos los agentes, al obedecer sus órdenes, se convertían en cómplices involuntarios e inconscientes de Lupin.

¡Qué gran comedia! ¡Qué admirable bluf! ¡Qué farsa monumental y reconfortante en nuestra época de abulia! A pesar de estar prisionero, a pesar de estar vencido irremediablemente, Lupin, no obstante, era el gran vencedor. Desde su celda irradiaba su personalidad sobre París. Ahora más que nunca era el ídolo… más que nunca el amo y señor.

Al despertarse al día siguiente en su apartamento del Palacio de la Santé, conforme él lo designó inmediatamente, Arsène Lupin tuvo la visión muy clara del formidable ruido que iba a producir su detención, bajo el doble nombre de Sernine y de Lenormand, y bajo el doble título de príncipe y de jefe de Seguridad.

Se frotó las manos, y murmuró:

—Nada es mejor para acompañar al hombre solitario,

que la aprobación por parte de sus contemporáneos. ¡Oh, gloria, sol de los que viven!…

Bajo la claridad del día, su celda le agradó más aún. La ventana, situada en lo alto, dejaba entrever las ramas de un árbol, a través de las cuales se divisaba el azul del cielo. Las paredes eran blancas. No había más que una mesa y una silla clavadas al suelo. Pero todo ello estaba limpio y resultaba simpático.

—Vamos —se dijo—. Una pequeña cura de reposo aquí, no dejará de tener sus encantos… Pero procedamos a hacer nuestro aseo… ¿Tengo aquí todo cuanto necesito?… No… Entonces llamemos a la camarera.

Apoyó un dedo junto a la puerta, sobre un mecanismo que encendió en el pasillo una señal en forma de disco.

Al cabo de un instante fueron descorridos los cerrojos en el exterior y retiradas las barras de hierro, y apareció un carcelero.

—Agua caliente, amigo mío —le dijo Lupin.

El otro le miró, a la par sorprendido y furioso.

—¡Ah! —exclamó Lupin—. Y una toalla de felpa. ¡Diablos, no hay toallas de felpa!

El hombre gruñó:

—Te estás burlando de mí, ¿no es eso? Pero no hay nada que hacer.

Ya se retiraba, cuando Lupin le sujetó del brazo violentamente:

—Cien francos si quieres llevarme una carta al correo.

Sacó del bolsillo un billete de cien francos que había logrado sustraer al registro que le habían hecho y se lo tendió al carcelero.

—La carta —dijo el carcelero, tomando el billete.

—Inmediatamente… solo el tiempo de escribirla.

Lupin se sentó a la mesa, trazó unas palabras a lápiz sobre una hoja de papel que deslizó dentro de un sobre y escribió sobre este: «Señor S. B. Apartado de Correos número 42, París».

El carcelero tomó la carta y se fue.

—He aquí una misiva —se dijo Lupin— que irá a su destino con tanta seguridad como si la llevase yo mismo. De aquí a una hora, a lo sumo, recibiré la respuesta. Solo el tiempo necesario para entregarme al examen de mi situación.

Se sentó sobre su silla y, a media voz, hizo el siguiente resumen:

—En suma, tengo que combatir ahora contra dos adversarios: primero, la sociedad, que me tiene preso, y de la cual me burlo; segundo, un personaje desconocido que no me tiene en su poder, pero del cual no me burlo en modo alguno. Este es el que ha prevenido a la policía que yo era Sernine. Es él quien adivinó también que yo era el señor Lenormand. Y es él quien cerró la puerta del subterráneo, y asimismo quien me hizo encerrar en la cárcel.

Arsène Lupin reflexionó unos instantes y continuó:

—Por consiguiente, y a fin de cuentas, la lucha es entre él y yo. Y para sostener esta lucha, es decir, para descubrir y solucionar el asunto Kesselbach, me encuentro prisionero, mientras él está libre, es desconocido e inaccesible y dispone de dos triunfos que yo creía tener en poder mío: Pierre Leduc y el viejo Steinweg… En una palabra, que él tiene a su alcance el objetivo, después de haberme alejado a mí de él definitivamente.

Nueva pausa meditativa y luego nuevo monólogo:

—La situación no es brillante. Por un lado, todo; por el otro, nada. Frente a mí, un hombre que posee mi fuerza, que incluso es más fuerte que yo, puesto que él no tiene los escrúpulos que a mí me entorpecen. Y para atacarle no dispongo de armas.

Repitió varias veces estas últimas palabras, maquinalmente; luego se calló y, apoyando la frente entre sus manos, permaneció pensativo largo tiempo.

—Entre, señor director —dijo Lupin, viendo que se abría la puerta.

—Entonces, ¿me esperaba usted?

—¿Acaso no le escribí a usted, señor director, rogándole que viniese? Pues bien: no he dudado ni un segundo que el carcelero le llevaría mi carta. Tan poco lo he dudado, que solo escribí en el sobre sus iniciales S. B., y su edad, cuarenta y dos.

El director se llamaba, en efecto, Stanislas Borély, y contaba cuarenta y dos años de edad. Era un hombre de rostro agradable, de suave carácter y que trataba a los detenidos con toda la indulgencia posible. Le dijo a Lupin:

—Usted no se ha engañado en cuanto a la honradez de mi subordinado. Aquí está su dinero. Le será entregado en el momento en que sea puesto en libertad… Y ahora, va usted a pasar de nuevo al cuarto «de registros».

Lupin siguió al señor Borély al interior de la pequeña estancia reservada para registrar a los detenidos, se desnudó y, mientras su ropa era registrada con justificada desconfianza, fue sometido igualmente, en persona, a un examen en extremo meticuloso.

Luego fue devuelto a su celda, y el señor Borély le dijo:

—Ya estoy más tranquilo. Se ha hecho todo bien.

—Sí, muy bien, señor director. Sus gentes ponen en sus funciones una delicadeza por la cual quiero darles las gracias y presentarles el testimonio de mi satisfacción.

Le entregó al señor Borély un billete de cien francos y aquel hizo un gesto de sorpresa.

—¡Ah! Pero ¿y eso… de dónde lo sacó?

—Es inútil que se caliente la cabeza, señor director. Un hombre como yo, que lleva la vida que yo llevo, está siempre preparado para todas las eventualidades y ninguna desventura, por penosa que sea, le puede sorprender desprevenido, ni siquiera cuando se halla encarcelado.

Tomó entre el pulgar y el índice de la mano derecha el dedo medio de la mano izquierda, lo arrancó con un golpe seco y se lo presentó tranquilamente al señor Borély.

—No se sobresalte usted, señor director. Este no es mi dedo, sino un simple tubo de tripa de buey, artísticamente coloreado y que se ajusta exactamente a mi dedo medio, de manera que produce la ilusión de un dedo real.

Y agregó, riendo:

—Y de esta manera, bien entendido, se puede disimular un tercer billete de cien francos… ¿Qué quiere usted? Cada cual tiene el portamonedas que puede… y es preciso aprovecharse…

Se detuvo al observar la expresión desconcertada del señor Borély.

—Le ruego, señor director, que no crea que trato de asombrarle con mis pequeñas ingeniosidades de sociedad. Lo único que quisiera es demostrarle que tiene habérselas con un… cliente de un carácter un poco… especial… y decirle que no deberá sorprenderse si me hago culpable de ciertas infracciones a las reglas ordinarias de su establecimiento.

El director ya se había repuesto de su sorpresa y declaró con firmeza:

—Estoy dispuesto a creer que se ajustará a esas reglas y que no me obligará a adoptar medidas rigurosas…

—Que le desagradarían, ¿no es así, señor director? Es, precisamente, eso lo que yo quisiera evitarle, demostrándole por adelantado que no me impedirán obrar a mi antojo y comunicarme por escrito con mis amigos; defender en el exterior los importantes intereses que me están confiados; escribir en los periódicos que están sujetos a mi inspiración, y proseguir la realización de mis proyectos, y, a fin de cuentas, preparar mi evasión.

—¡Su evasión!

Lupin se echó a reír con buen talante.

—Reflexione, señor director… Mi única excusa para estar en la cárcel es el lograr salir de ella.

El argumento no pareció bastarle al señor Borély, quien, a su vez, se esforzó por sonreír y dijo:

—Un hombre prevenido vale por dos…

—Eso es lo que yo he querido. Tome usted todas las precauciones, señor director, no descuide nada para que más tarde no tengan nada que reprocharle. Por otra parte, yo me arreglaré de tal manera que, cualesquiera que sean las molestias que tenga usted que soportar por el hecho de esa fuga, cuando menos, su carrera no sufra las consecuencias. Eso es lo que yo quería decirle, señor director. Y ahora, puede retirarse.

Y mientras el señor Borély se alejaba profundamente desconcertado por aquel singular prisionero, y extraordinariamente inquieto por los acontecimientos que se preparaban, el detenido se arrojó sobre su lecho, murmurando:

—¡Caray, mi viejo Lupin, qué osado eres! En verdad, se diría que ya sabes cómo vas a salir de aquí.

II

La prisión de la Santé está construida conforme al sistema de irradiación. En el centro de la parte principal hay un punto concéntrico donde convergen todos los pasillos, de tal manera que un detenido no puede salir de su celda sin ser visto inmediatamente por los vigilantes situados en la cabina de cristal que ocupa el centro de ese punto.

Lo que sorprende al visitante que recorre la prisión es el encontrar a cada instante detenidos que van sin escolta y que parecen circular como si estuvieran libres. Pero, en realidad, para ir de un lugar a otro, cual, por ejemplo, desde su celda al coche carcelario que los espera para llevarlos al Palacio de Justicia, es decir, ante el juez de instrucción, lo hacen caminando por líneas rectas, cada una de las cuales termina en una puerta que les abre un carcelero encargado únicamente de abrir esa puerta y de vigilar las dos líneas rectas que desembocan en ella.

Y así los prisioneros, en apariencia libres, son enviados de puerta en puerta, y bajo la mirada de los vigilantes, cual si se tratase de paquetes que pasan de mano en mano.

Fuera, los guardias municipales reciben el «objeto» y lo insertan en una de las secciones de la «cesta de ensalada», como en París se llama a los coches celulares.

Esa es la costumbre.

Con Lupin se hicieron excepciones.

Se desconfió de ese paseo a lo largo de los pasillos. Se desconfió del coche celular. Se desconfió de todo.

El señor Weber acudió personalmente acompañado de doce agentes —los mejores de estos hombres, escogidos y armados hasta los dientes—; recogió al temible prisionero en el umbral de su celda y le condujo en un automóvil cuyo chófer era uno de sus hombres. A la derecha e izquierda, por delante y por detrás, iban guardias municipales a caballo.

—¡Magnífico! —exclamó Lupin—. Tienen ustedes para mí consideraciones que me emocionan. Nada menos que guardia de honor. ¡Diablos!, Weber, estás dotado del sentido de la jerarquía. No olvidas los honores que debes a tu jefe inmediato.

Dándole una palmada en el hombro, añadió:

—Weber, tengo intención de presentar mi dimisión, y te designaré sucesor mío.

—Eso ya está casi hecho —replicó Weber.

—¡Qué gran noticia! Sentía inquietudes respecto a mi fuga. Ahora ya estoy tranquilo. Desde el momento en que Weber sea jefe de los servicios de Seguridad…

El señor Weber no replicó al ataque. En el fondo experimentaba un extraño y complejo sentimiento frente a su adversario, sentimiento constituido por el temor que le inspiraba Lupin y por la deferencia que él tenía hacia el príncipe Sernine, así como por la respetuosa admiración que siempre le había testimoniado al señor Lenormand. Todo esto estaba mezclado de rencor, de envidia y de odio satisfecho.

Llegaban ya al Palacio de Justicia. En la planta baja de la que llamaban la «Ratonera», unos agentes de seguridad esperaban. Entre estos, el señor Weber tuvo la satisfacción de ver a sus dos mejores lugartenientes, los hermanos Doudeville.

—¿No está aquí el señor Formerie? —les preguntó.

—Sí, jefe. El señor juez de instrucción se encuentra en su despacho.

Weber subió la escalera, seguido de Lupin, que iba entre los hermanos Doudeville.

—¿Y Geneviève? —murmuró el prisionero.

—Está a salvo.

—¿Dónde se encuentra?

—En casa de su abuela.

—¿Y la señora Kesselbach?

—Está en París, en el hotel Bristol.

—¿Y Suzanne?

—Ha desaparecido.

—¿Y Steinweg?

—Nada sabemos de él.

—¿Y la villa Dupont, está vigilada?

—Sí.

—¿La prensa de esta mañana se porta bien?

—De forma excelente.

—Muy bien. Para escribirme ahí van mis instrucciones.

Llegaron al pasillo interior del primer piso. Lupin deslizó en la mano de uno de los hermanos una minúscula bolita de papel.

El señor Formerie tuvo una frase feliz cuando Lupin entró en su despacho en compañía del subjefe.

—¡Ah, helo aquí! No dudaba que un día u otro le echaríamos el guante.

—Yo tampoco lo dudaba, señor juez de instrucción —replicó Lupin—. Y me alegro de que sea a usted a quien el destino haya designado para hacer justicia al hombre honrado que soy yo.

«Se está burlando de mí», pensó el señor Formerie.

Y con el mismo tono irónico, respondió:

—El hombre honrado que es usted, señor, tendrá que explicarme, por el momento, en relación a trescientos cuarenta y cuatro delitos de robo con escalo, hurto, estafa, falsificación, chantaje, ocultación, etcétera. ¡Trescientos cuarenta y cuatro!

—¡Cómo! ¿No es más que eso? —exclamó Lupin—. Me siento verdaderamente avergonzado.

—El hombre honrado que es usted tendrá que explicarse hoy sobre el asesinato del señor Altenheim.

—¡Vaya! Eso es ya algo nuevo. ¿Acaso esa idea es de usted, señor juez de instrucción?

—Exactamente.

—Muy grave. En realidad está usted realizando grandes progresos, señor Formerie.

—La posición en la cual ha sido usted sorprendido no deja lugar a ninguna duda.

—A ninguna, pero, de todos modos, me permitiría hacerle a usted esta pregunta: ¿de qué clase de herida murió Altenheim?

—De una herida en la garganta hecha con un cuchillo.

—¿Y dónde está ese cuchillo?

—No lo hemos encontrado.

—¿Y cómo es posible que no lo hayan encontrado, siendo yo el asesino, puesto que fui sorprendido al lado del hombre a quien yo, según ustedes, he matado?

—Y, según usted, ¿quién es el asesino?

—No es ningún otro que el mismo que degolló al señor Kesselbach, a Chapman, etcétera. La naturaleza de la herida es prueba suficiente.

—¿Y por dónde cree usted que escapó el asesino?

—Por una trampilla que usted puede descubrir en el propio salón donde se produjo la tragedia

El señor Formerie mostró una expresión de agudo interés.

—¿Y cómo es que usted no siguió tan saludable ejemplo?

—Yo intenté seguirlo. Pero la vía de escape estaba cerrada por una puerta que yo no conseguí abrir. Fue durante ese intento cuando «el otro» regresó al salón y mató a su cómplice, por temor a las revelaciones que este no habría dejado de hacer. Y, al mismo tiempo, escondió en el fondo del armario, donde fue encontrado, el paquete de ropa que yo había preparado.

—¿Y para qué era esa ropa?

—Para disfrazarme. Al regresar a las Glicinas, mi plan era el siguiente: entregar a Altenheim a la justicia, eliminarme a mí mismo como príncipe Sernine y reaparecer luego bajo la personalidad del…

—¿Del señor Lenormand, acaso?

—Exactamente.

—No.

—¿Cómo?

El señor Formerie sonrió con aire burlón, y moviendo su índice de derecha a izquierda y de izquierda a derecha volvió a repetir.

—No.

—¿Y por qué no?

—Porque esa historieta sobre el señor Lenormand podrá servir para el público. Pero no le va usted hacer tragar al señor Formerie que Lupin y Lenormand eran una misma persona.

Rompió a reír.

—¡Lupin jefe de Seguridad! ¡No! Todo lo que usted quiera, pero eso no… Todo tiene un límite… Yo soy una buena persona… Pero, de todos modos… Veamos, aquí entre nosotros… ¿cuál es la razón de esta nueva mentira? Confieso que lo no veo muy claro.

Lupin lo miró maliciosamente. A pesar de todo cuanto sabía sobre el señor Formerie, no era capaz de imaginarse un grado semejante de fatuidad y ceguera. La doble personalidad del príncipe Sernine ya no constituía a estas horas motivo de incredulidad para nadie. Solo para el señor Formerie…

Lupin se volvió hacia el subjefe, que escuchaba con la boca entreabierta.

—Mi querido Weber, su ascenso me parece que se encuentra comprometido por entero. Porque, en fin, si el señor Lenormand no soy yo, entonces es que aquel existe… Y si existe, yo no dudo que el señor Formerie, valiéndose de todos sus talentos, no acabe por descubrirlo… En cuyo caso…

—Lo descubriremos, señor Lupin —exclamó el juez de instrucción—. Yo me encargo de ello, y confieso que el careo entre usted y él no va a constituir una cosa banal.

El juez tamborileaba con los dedos sobre la mesa.

—¡Qué divertido! En verdad, uno no se aburre con usted. Así pues, usted sería el señor Lenormand, y en ese caso sería usted también quien hizo detener a su propio cómplice Marc.

—Perfectamente. ¿Acaso no era preciso complacer al presidente del Consejo y al propio tiempo salvar al Gabinete? El hecho es histórico.

El señor Formerie se reía a mandíbula batiente.

—¡Ah, esto es para morir de risa! ¡Dios santo, qué cosa

tan graciosa! La respuesta a todo ello dará la vuelta al mundo. Y entonces, conforme a esa historia, resultaría que fue en colaboración con usted con quien yo realicé la investigación desde un principio en el hotel Palace, después del asesinato del señor Kesselbach…

—En efecto, fue conmigo con quien usted siguió todo el asunto de la diadema cuando yo era el duque Charmerace —respondió Lupin con voz sarcástica

El señor Formerie dio un salto. Toda su alegría se desvaneció ante ese odioso recuerdo. Poniéndose súbitamente serio, manifestó:

—Entonces, ¿insiste usted en ese absurdo sistema?

—Estoy obligado a ello, porque esa es la verdad. A usted le sería fácil, si tomara el transatlántico que realiza el viaje a Cochinchina, encontrar en Saigón las pruebas de la muerte del verdadero señor Lenormand, aquel magnífico hombre a quien yo sustituí y del cual le proporcionaré a usted el acta de fallecimiento.

—Bromas.

—Mi palabra, señor juez de instrucción; le confesaré que esto me es completamente indiferente. Si a usted le desagrada que yo sea el señor Lenormand, entonces no hablemos más de eso. Si a usted le agrada creer que yo maté a Altenheim, lo dejo a su gusto. Se entretendrá usted en proporcionar pruebas de ello. Y le repito que todo eso no tiene ninguna importancia para mí. Considero todas sus preguntas y todas mis respuestas como nulas y que no concuerdan. La investigación que usted realiza no tiene valor, por la sencilla razón de que yo habré puesto pies en polvorosa cuando aquella acabe. Solamente que…

Con descaro, tomó una silla y se sentó frente al señor Formerie, del otro lado de la mesa. Con tono seco, dijo:

—Hay un «solamente», y helo aquí: comprenderá usted que, a pesar de las apariencias y de sus intenciones, yo no tengo intención alguna de perder mi tiempo. Usted tiene sus propios asuntos… Yo tengo los míos. A usted le pagan por resolver sus asuntos. Yo resuelvo los míos… Y así me pago a mí mismo. No obstante, el asunto que yo persigo en la actualidad es de aquellos que no permiten ni un solo minuto de descuido, ni un solo segundo de espera en la preparación y en la ejecución de los actos que conducen a realizarlo. Por tanto, yo lo prosigo, y, como usted me pone en la obligación pasajera de estar sesteando entre las cuatro paredes de una celda, es a ustedes dos, señores, a quienes encargo de mis intereses. ¿Comprendido?

Se había puesto en pie, en actitud insolente y con una expresión venenosa en el rostro. Era tal la fuerza dominadora que manaba de este hombre, que sus dos interlocutores no se habían atrevido a interrumpirle.

El señor Formerie optó por reírse, en el papel de un observador que se divierte.

—Es gracioso. Es chusco.

—Chusco o no, señor, así será. Mi proceso, el hecho de saber si yo he matado o no, la investigación de mis antecedentes, de mis delitos o mis andanzas pasadas, constituyen otras tantas paparruchas con las cuales le permito a usted que se distraiga, a condición, sin embargo, de que no pierda de vista, ni por un instante, el objeto de su misión.

—¿Y cuál es mi misión? —preguntó el señor Formerie, manteniendo el tono burlón.

—La de sustituirme a mí en mis investigaciones relativas al proyecto del señor Kesselbach y especialmente en descubrir el paradero del señor Steinweg, ciudadano alemán, raptado y secuestrado por el fallecido barón Altenheim.

—¿Qué historia es esa que usted cuenta?

—Esta historia es de aquellas que yo guardaba para mí cuando yo era… o más bien, cuando creía ser el señor Lenormand. Una parte de ella se desarrolla en mi despacho cerca de aquí, y Weber no debe desconocerla enteramente. En una palabra, el viejo Steinweg conoce la verdad sobre ese misterioso proyecto que el señor Kesselbach perseguía, y Altenheim, que estaba igualmente sobre la pista, ha hecho desaparecer al señor Steinweg.

—No se escamotea a una persona de esa manera. Ese Steinweg tiene que encontrarse en alguna parte.

—Seguramente.

—¿Y sabe usted dónde?

—Sí.

—Siento curiosidad…

—Se encuentra en el número veintinueve de la villa Dupont. El señor Weber se encogió de hombros.

—Entonces, ¿está en casa de Altenheim? ¿En el palacete que este habitaba?

—Sí.

—Valiente crédito puede concederse a todas esas tonterías. En el bolsillo del barón encontré la dirección de este. Y una hora después, el palacete había sido ocupado por mis hombres.

Lupin lanzó un suspiro de alivio.

—¡Ah, qué gran noticia! Y yo que temía la intervención del cómplice de aquel a quien no pude apresar, y un segundo secuestro de Steinweg… ¿Y los criados?

—Desaparecieron.

—Sí, una llamada telefónica del otro los habrá prevenido. Pero Steinweg está allí.

El señor Weber se impacientó, y dijo:

—Pero si allí no hay nadie, puesto que, le repito, mis hombres no han abandonado el palacete.

—Señor subjefe de Seguridad, le doy a usted la orden de investigar usted mismo en el palacete de la villa Dupont… Y usted me dará cuenta mañana del resultado de esa investigación.

El señor Weber se encogió nuevamente de hombros, y sin tomar en cuenta la impertinencia de Lupin, dijo:

—Tengo cosas más urgentes que hacer…

—Señor subjefe de Seguridad, nada hay más urgente que eso. Si usted se retrasa en hacerlo, todos mis planes habrán naufragado. El viejo Steinweg ya no hablará jamás.

—¿Por qué?

Porque habrá muerto de hambre, si en el plazo de un día, a lo sumo dos, no le lleva usted de comer.

III

—Eso es muy grave… Muy grave… —murmuró el señor Formerie después de reflexionar por unos momentos—. Desgraciadamente…

Sonrió.

—Desgraciadamente —añadió—, su revelación tiene un gran defecto.

—¿Cuál?

—Que todo eso, señor Lupin, no constituye más que una enorme fantasía… ¿Qué quiere usted? Yo comienzo a conocer ya sus supercherías, y cuanto más oscuras me parecen, más desconfío.

—Idiota —gruñó Lupin.

El señor Formerie se levantó, y dijo:

—Hemos terminado. Como usted ve, esto no era más que un puro formalismo… poner a uno en presencia de otro, a dos duelistas. Ahora que las espadas están cruzándose, ya no me falta más que el testigo obligatorio de ese choque de armas: su abogado.

—¡Va! ¿Acaso es indispensable?

—Sí, es indispensable.

—¿Hacer trabajar a uno de los maestros de la abogacía, con vistas a unos debates tan… problemáticos?

—Es preciso.

—En ese caso, escojo al abogado Quimbel.

—El decano. Le felicito, estará usted bien defendido.

Esta primera sesión había terminado. Al bajar la escalera de la Ratonera, colocado entre los dos Doudeville, el detenido susurró en menudas frases imperativas:

—Que vigilen la casa de Geneviève… Que estén allí siempre cuatro hombres… Y también a la señora Kesselbach… Las dos están amenazadas. Van a registrar la villa Dupont… Estad allí, y si descubren a Steinweg, arreglároslas para que se calle… Unos pocos de polvos, si es necesario.

—¿Cuándo quedará usted en libertad, jefe?

—Por el momento, no hay nada que hacer… De todos modos, eso no corre prisa… Estoy descansando.

Al llegar abajo se reunió con los guardias municipales, que rodearon el coche celular.

—Regresamos a casa, hijos míos —exclamó Lupin—, y aprisa. Tengo cita conmigo mismo, exactamente a las dos.

El viaje se realizó sin incidentes.

De vuelta en su celda, Lupin escribió una larga carta con instrucciones detalladas a los hermanos Doudeville, y después otras dos cartas. Una de ellas era para Geneviève, y decía:

Geneviève:

Ya sabes ahora quién soy, y comprenderás por qué te he ocultado el nombre de aquel que, por dos veces, te llevó cuando eras pequeña en sus brazos.

Geneviève, yo era el amigo de tu madre, un amigo lejano del cual ella ignoraba su doble existencia, pero con el que sabía podía contar. Es por eso que antes de morir ella me escribió unas líneas y me suplicó que velase por ti.

Por indigno que yo sea de tu estimación, Geneviève, permaneceré fiel a ese deseo. No me deseches por completo de tu corazón.

ARSÈNE LUPIN

La otra carta estaba dirigida a Dolores Kesselbach:

Solo su propio interés había llevado cerca de la señora Kesselbach al príncipe Sernine. Pero luego le había retenido cerca de ella una inmensa necesidad de dedicarse a esa dama.

Hoy día, cuando el príncipe Sernine ya no es más que Arsène Lupin, este pide a la señora Kesselbach que no le niegue el derecho a protegerla desde lejos, y en la misma forma en que se protege a una persona a la que nunca más se volverá a ver.

Sobre la mesa había algunos sobres. Tomó uno de ellos, luego dos, pero cuando estaba cogiendo un tercero, descubrió una hoja de papel blanco cuya presencia le sorprendió y sobre la cual había pegadas palabras visiblemente recortadas de un periódico. Lupin descifró el texto siguiente:

La lucha contra Altenheim no te dio resultado. Renuncia a ocuparte de este asunto, y entonces yo no me opondré a tu fuga.

Firmado: L. M.

Una vez más experimentó el sentimiento de repulsión y de terror que le inspiraba aquel ser desconocido y fabuloso… La sensación de asco que se siente al tocar a un animal venenoso, a un reptil.

«Otra vez él… E incluso aquí», se dijo Lupin.

Era eso, igualmente, lo que le desconcertaba: la visión súbita que tenía, por instantes, de aquella potencia enemiga;

una potencia tan grande como la suya y que disponía de medios formidables, de los que él mismo no era consciente.

Inmediatamente sospechó de su carcelero. Pero ¿cómo había sido posible corromper a ese hombre de rostro duro y expresión severa? Lupin exclamó:

—Pues bien, tanto mejor; hasta ahora nunca tuve que enfrentarme con remolones... Para combatirme a mí mismo tuve que convertirme en jefe de Seguridad... Pero esta vez estoy aviado... He aquí un hombre que es capaz de meterme en su bolsillo... Y esto podría decirse que lo haría como jugando conmigo... Si desde el fondo de mi prisión logro evitar sus golpes y a la vez destruirlo; si consigo ver al viejo Steinweg y arrancarle su confesión; encauzar el asunto Kesselbach y llevarlo a cabo en forma íntegra; defender a la señora Kesselbach y conquistar la fortuna y la felicidad para Geneviève... entonces es verdad que Lupin será siempre Lupin... Y para llegar a eso empecemos por dormir...

Se tendió sobre la cama, murmurando:

—Steinweg, ten paciencia y no te mueras hasta mañana a la noche, y yo te juro...

Durmió durante todo el final del día, toda la noche y toda la mañana. A eso de las once vinieron a anunciarle que el abogado Quimbel le esperaba en el locutorio, a lo cual Lupin respondió:

—Díganle al señor Quimbel que si necesita informes sobre mis acciones, no tiene más que consultar los diarios desde hace diez años. Mi pasado pertenece a la historia.

Al mediodía se registró el mismo ceremonial y se tomaron las mismas precauciones que la víspera para conducirle al Palacio de Justicia. Volvió a ver al mayor de los hermanos Doudeville, con el cual cambió algunas palabras, y al que le entregó las tres cartas que había escrito, y luego fue conducido a presencia del señor Formerie.

El abogado Quimbel estaba allí y llevaba una cartera de mano atiborrada de documentos.

Lupin se disculpó inmediatamente al verle.

—Le presento todas mis disculpas, mi querido abogado, por no haberle recibido, y también mis disculpas por el trabajo que usted ha tenido la bondad de aceptar, pero que resulta inútil, por cuanto…

—Sí, sí, ya sabemos —interrumpió el señor Formerie— que usted se encontrará de viaje. Está convenido. Pero hasta entonces cumplamos con nuestra misión. Arsène Lupin, a pesar de todas nuestras investigaciones, no hemos conseguido ningún dato preciso sobre su verdadero.

—Qué cosa tan extraña… y yo tampoco.

—Ni siquiera podríamos afirmar que usted sea el mismo Arsène Lupin que estuvo detenido en la prisión de la Santé en mil novecientos diecinueve… y que se escapó por primera vez.

—Eso de «por primera vez» es una frase muy exacta.

—Ocurre, en efecto —continuó el señor Formerie—, que la ficha de Arsène Lupin que hemos encontrado en el servicio antropométrico contiene una descripción de Arsène Lupin que difiere en todos los puntos de sus características actuales.

—Es cada vez más extraño.

—Las indicaciones son diferentes, las medidas son diferentes y las huellas dactilares también son diferentes… Incluso las dos fotografías no guardan entre sí ninguna relación. Por tanto, le pido a usted que haga el favor de aclararnos su identidad exacta.

—Eso es precisamente lo que yo quería pedirle. He vivido bajo tantos nombres distintos, que he acabado por olvidar el mío propio. Ya no soy capaz de reconocerme a mí mismo.

—Entonces, ¿se niega contestar?

—Sí.

—¿Y por qué?

—Porque sí.

—¿Ha tomado usted esa decisión?

—Sí. Ya se lo he dicho a usted: su investigación no tendrá valor.

Ayer le señalé a usted como misión el realizar una investigación que me interesa. Y espero el resultado.

—Y yo —exclamó el señor Formerie— le dije ayer también que no creía una sola palabra de la historia contada por usted sobre Steinweg, y que, por tanto, no me ocuparía de ello.

—Entonces, ¿por qué ayer, después de nuestra entrevista, acudió usted a la villa Dupont en compañía del señor Weber y registró minuciosamente el número veintinueve?

—¿Cómo es que sabe usted eso? —preguntó el juez de instrucción visiblemente humillado.

—Por los periódicos…

—¡Ah, entonces lee usted los periódicos!

—Hay que estar al tanto de las noticias.

—En efecto, y, por un escrúpulo de conciencia, visité esa casa en forma rápida y sin atribuirle al hecho la menor importancia…

—Por el contrario, usted le atribuye tanta importancia y realiza usted la misión que yo le encargué con un entusiasmo tan digno de elogios, que ya a estas horas el subjefe de Seguridad está en vías de realizar él mismo un registro allí.

El señor Formerie pareció desconcertado y balbució:

—¡Qué invención! El señor Weber y yo tenemos otros gatos a los que dar latigazos y no a ese.

En ese momento, un ujier entró y dijo unas palabras al oído del señor Formerie.

—Que entre —exclamó el juez de instrucción—. Que entre.

Y luego, levantándose precipitadamente, dijo:

—¡Hola, señor Weber! ¿Qué hay de nuevo? ¿Ha encontrado usted a ese hombre?

Ni siquiera intentaba disimular, tanta era su prisa por enterarse.

El subjefe de Seguridad respondió:

—Nada.

—¡Ah! ¿Está usted seguro?

—Afirmo que no hay nadie en esa casa, ni vivo ni muerto.

—Sin embargo…

—Así es, señor juez de instrucción.

Los dos parecían decepcionados, cual si la convicción que sentía y manifestaba Lupin se hubiera apoderado también de ellos.

—Ya lo ve usted, Lupin —dijo el señor Formerie con tono de lamentación.

Y agregó:

—Todo lo que nos es dado suponer es que el viejo Steinweg, después de haber permanecido encerrado allí, ya no está ahora.

Lupin declaró:

—Anteayer por la mañana estaba todavía.

—Y a las cinco de la tarde mis hombres ocuparon la casa —observó el señor Weber.

—Entonces habría que admitir —concluyó el señor Formerie— que ha sido secuestrado por la tarde.

—No —dijo Lupin.

—¿Cree usted?

Era un homenaje ingenuo a la clarividencia de Lupin el formular el juez de instrucción esa pregunta instintiva, esa especie de sumisión anticipada a todo lo que aquel adversario decretaba.

—Pues yo hago más que creerlo —afirmó Lupin en la forma más contundente—. Resulta materialmente imposible que el señor Steinweg haya sido sacado de allí en ese momento. Steinweg continúa en el número veintinueve de la villa Dupont.

El señor Weber levantó los brazos al cielo.

—Pero eso es una locura, por cuanto yo fui allí y he registrado todas y cada una de las habitaciones… Un hombre no se oculta lo mismo que una moneda de cinco francos.

—Entonces, ¿qué nos queda por hacer? —gimió el señor Formerie.

—¿Que qué nos queda por hacer, señor juez de instrucción? —respondió Lupin—. Es muy sencillo. Subir a un coche y llevarme, con todas las precauciones que usted quiera tomar, al veintinueve de la calle Dupont. Es la una. A las tres, yo habré descubierto a Steinweg.

El ofrecimiento era preciso, imperioso, exigente. Los dos magistrados sufrieron el peso de aquella voluntad formidable. El señor Formerie miró al señor Weber. Después de todo, ¿por qué no? ¿Qué podría oponerse a realizar aquella prueba?

—¿Qué opina usted, señor Weber?

—Pues… no lo sé muy bien.

—Sí; pero, no obstante… se trata de la vida de un hombre…

—Evidentemente… —murmuró el subjefe, que comenzaba a reflexionar.

Se abrió la puerta. Un ujier traía una carta que entregó al señor Formerie; este la abrió y leyó las siguientes palabras:

> Desconfíe usted. Si Lupin entra en la casa de la villa Dupont, saldrá libre. Su fuga está preparada.
>
> L. M.

El señor Formerie palideció. El peligro a que acababa de escapar le asustaba. Una vez más, Lupin se había burlado de él. Steinweg no existía.

En voz muy baja, el señor Formerie recitó una oración de agradecimiento. Sin el milagro de aquella carta anónima, hubiera estado perdido, deshonrado.

—Ya es bastante por hoy —dijo—. Reanudaremos el interrogatorio mañana. Que los guardias lleven al detenido a la Santé.

Lupin permaneció inmóvil. Se dijo a sí mismo que aquel golpe venía del otro. Y se dijo también que había veinte probabilidades contra una de que el salvamento de Steinweg ya no pudiese llevarse a cabo ahora, pero que, en resumen, quedaba aquella veintiuna probabilidad, y que no existía razón alguna para que él, Lupin, se desesperase.

Dijo sencillamente:

—Señor juez de instrucción, le doy cita a usted mañana a las diez de la mañana en el veintinueve de la villa Dupont.

—Usted está loco. Puesto que yo no quiero…

—Pero yo sí quiero, y eso basta. Hasta mañana a las diez. Y sea usted puntual.

IV

Igual que las otras veces, después de volver a su celda, Lupin se acostó y, bostezando, se puso a pensar:

«En el fondo, nada resulta más práctico para desarrollar mis asuntos que esta forma de vida. Cada día doy un golpecito con el pulgar que pone en marcha toda la maquinaria, y solo me queda tener paciencia hasta el día siguiente. Los acontecimientos se producen por sí mismos. ¡Qué descanso para un hombre tan agobiado!».

Y volviéndose de cara a la pared, continuó:

«Steinweg, si amas la vida, no te mueras todavía. Te pido un poquito de buena voluntad. Haz como yo: duerme».

Excepto a la hora de la comida, Lupin durmió de nuevo hasta la mañana siguiente. Solamente se despertó al oír ruido de cerraduras y cerrojos.

—Levántese —le dijo el carcelero—. Vístase… deprisa.

El señor Weber y sus hombres le recibieron en el pasillo y le llevaron a un automóvil.

—Chófer, al veintinueve de la villa Dupont —dijo Lupin al subir al vehículo—. Y rápido.

—¡Ah! Entonces, ¿ya sabe usted que vamos allí? —le dijo el subjefe.

—Evidentemente que lo sé, puesto que ayer le di cita al señor Formerie en el veintinueve de la villa Dupont, a las diez en punto. Cuando Lupin dice una cosa, esta se cumple. He aquí la prueba de ello…

Desde la calle de Pergolése las precauciones extraordinarias de la policía excitaron la alegría del prisionero. Las calles estaban atiborradas de agentes. En cuanto a la villa Dupont, esta calle se hallaba pura y simplemente cerrada a la circulación.

—Un verdadero estado de sitio —comentó con sarcasmo Lupin—. Weber, distribuirás de parte mía un luis a cada uno de esos pobres tipos a quienes has molestado sin necesidad alguna. De todos modos, qué miedo tenéis. Un poco más y me habríais puesto las esposas.

—Yo no esperaba más que cumplir tus deseos —respondió Weber—. Al diablo, amigo mío. Hay que igualar la partida entre nosotros. Piensa que hoy no eres más que un trescientos.

Con las manos encadenadas, bajó del coche celular delante del pórtico de la residencia y seguidamente lo condujeron a una estancia donde se encontraba el señor Formerie. Los agentes salieron. Se quedó solamente el señor Weber.

—Perdóneme, señor juez de instrucción. He llegado quizá con uno o dos minutos de retraso. Pero tenga la seguridad de que la próxima vez ya me las arreglaré…

El señor Formerie estaba lívido. Se sentía agitado por un temblor nervioso y tartamudeó:

—Señor, la señora Formerie…

Tuvo que interrumpirse, falto de aliento.

—¿Cómo está la señora Formerie? —preguntó Lupin con interés—. Tuve el honor de bailar con ella este invierno, en el baile celebrado en el Ayuntamiento, y ese recuerdo…

—Señor —prosiguió el juez de instrucción—, la señora Formerie recibió de su madre anoche una llamada telefónica pidiéndole que fuese a visitarla inmediatamente. La señora Formerie se dirigió allá con toda urgencia, sin que desgraciadamente yo la acompañara, pues me hallaba estudiando su expediente.

—Entonces, ¿estudia mi expediente? ¡Qué tontería! —observó Lupin.

—Pero a medianoche —continuó el juez—, al ver que la señora Formerie no regresaba, me sentí inquieto y acudí presuroso a casa de su madre; la señora Formerie no se encontraba allí y comprobé que su madre no le había telefoneado. No se trataba sino de la más abominable de las emboscadas. Y a estas horas, la señora Formerie todavía no ha regresado.

—¡Ah! —exclamó Lupin con indignación. Y luego de haber reflexionado, agregó—: Por lo que yo puedo recordar, la señora Formerie es una mujer muy hermosa, ¿no es así?

El juez pareció no comprender. Se adelantó hacia Lupin, y con voz llena de ansiedad y una actitud un tanto teatral le dijo:

—Señor, esta mañana fui advertido por medio de una carta de que mi esposa me sería devuelta inmediatamente después de que el señor Steinweg hubiera sido descubierto. He aquí la carta. Está firmada por Lupin. ¿Es suya esta carta?

Lupin examinó la carta, y dijo gravemente:

—Sí, es mía.

—Eso quiere decir que pretende obtener de mí, por medio de un chantaje, el que lleve a cabo investigaciones relativas al señor Steinweg.

—Yo lo exijo.

—Y quiere decir también que mi esposa quedará libre inmediatamente después.

—Quedará libre.

—¿Incluso en el caso de que esas investigaciones resultaran infructuosas?

—Ese caso no es ni siquiera admisible.

—¿Y si yo me niego? —exclamó el señor Formerie en un imprevisto rasgo de rebeldía.

Lupin murmuró:

—Una negativa podría tener graves consecuencias… La señora Formerie es hermosa…

—Sea. Busque… Usted es el jefe —gruñó el señor Formerie.

El juez de instrucción se cruzó de brazos, en la actitud de un hombre que en tales circunstancias sabe resignarse ante la fuerza superior de los acontecimientos.

El señor Weber no había pronunciado palabra. Se mordía con rabia el bigote y se presentía la cólera que debía experimentar al ceder una vez más a los caprichos de aquel enemigo que parecía vencido, pero resultaba siempre victorioso.

—Subamos —dijo Lupin.

Subieron.

—Abran la puerta de esta habitación.

La abrieron.

—Que me quiten las esposas.

Hubo un momento de duda. El señor Formerie y el señor Weber se consultaron con la mirada.

—Que me quiten las esposas —repitió Lupin.

—Yo respondo de todo —aseguró el subjefe.

Y haciendo señas a los ocho hombres que le acompañaban:

—Arma en mano. A la primera orden, fuego.

Los hombres sacaron sus revólveres.

—Abajo las armas —ordenó Lupin—. Y las manos en los bolsillos.

Ante la indecisión de los agentes, declaró con energía:

—Juro por mi honor que estoy aquí para salvar la vida de un hombre que agoniza y que no intentaré fugarme.

—El honor de Lupin… —murmuró con ironía uno de los agentes.

Una patada en seco en una pierna hizo que el agente lanzara un aullido de dolor. Todos los demás agentes hicieron ademán de saltar sobre Lupin, sacudidos por el odio.

—¡Alto! —gritó el señor Weber, interponiéndose—. Anda, Lupin…

Te concedo una hora… Si dentro de una hora…

—No quiero que me pongan condiciones —replicó Lupin, irascible.

—Bueno. Haz como gustes, animal —gruñó el subjefe, exasperado.

Y retrocedió, llevándose a sus hombres con él.

—Maravilloso —dijo Lupin—. Ahora sí se puede trabajar tranquilamente.

Se sentó en una cómoda butaca, pidió un cigarrillo, lo encendió y se puso a lanzar al techo volutas de humo, mientras los otros esperaban con una curiosidad que ni siquiera trataban de disimular.

Al cabo de un instante dijo:

—Weber, haz que aparten la cama.

La cama fue apartada.

—Y ahora que quiten todas las cortinas de esta alcoba.

Quitaron las cortinas.

Se produjo un largo silencio. Se hubiera dicho que se estaba desarrollando uno de esos experimentos de hipnotismo a los que se asiste con una ironía mezclada de angustia, con el miedo oscuro a las cosas misteriosas que puedan producirse. Quizá iban a asistir a la aparición de un moribundo surgiendo del espacio, traído allí por el poder de sortilegio irresistible de un mago. Quizá iban a ver…

—Ya está —dijo Lupin.

—¡Cómo, ya! —exclamó el señor Formerie.

—¿Cree usted, entonces, señor juez de instrucción, que yo no pienso en nada allá en mi celda y que me hice conducir aquí sin tener ya algunas ideas precisas sobre la cuestión?

—¿Y entonces? —dijo el señor Weber.

—Manda a uno de tus hombres al tablero de los timbres eléctricos. Debe de estar colocado por el lado de las cocinas.

Uno de los agentes se alejó.

—Y ahora apoya el dedo sobre el botón del timbre que se encuentra aquí, en la alcoba, a la altura de la cama… Muy bien… Aprieta más fuerte… No lo quites… Ya basta, así… Y ahora vuelve a llamar al individuo que mandaste abajo.

Un minuto después volvió a subir el agente.

—Muy bien, artista. ¿Has oído el timbre?

—No.

—¿Se ha desprendido del tablero uno de los números?

—No.

—Perfecto. No me había equivocado —dijo Lupin—. Weber, ten la bondad de desatornillar este timbre, que, cual tú ves, es falso… Eso…

Comienza por hacer girar la campanita de porcelana que rodea al botón… Perfecto… Y ahora, ¿qué es lo que ves?

—Una especie de auricular —replicó el señor Weber—. Se diría que es la extremidad de un tubo.

—Inclínate… Aplica tu boca a ese tubo, como si fuera un portavoz.

—Ya está.

—Y ahora llama… Llama: «¡Steinweg!… ¡Hola, Steinweg!». No hay necesidad de gritar… Basta con hablar… ¿Qué?

—Nadie responde.

—¿Estás seguro? Escucha… ¿Nadie responde?

—No.

—Tanto peor. Entonces es que está muerto… O bien incapacitado para responder.

El señor Formerie exclamó:

—En ese caso, todo está perdido.

—Nada está perdido —respondió Lupin—. Pero llevará más tiempo. Este tubo tiene dos extremidades, como todos los tubos; se trata, pues, de seguir su trayectoria hasta la otra extremidad.

—Entonces será preciso derribar toda la casa.

—De ninguna manera… de ninguna manera… Ustedes van a ver…

Se puso él mismo a la tarea, rodeado de todos los agentes, los cuales, en realidad, pensaban más bien en observar lo que él hacía que en vigilarle.

Pasó a la habitación contigua, e inmediatamente, tal como lo había previsto, descubrió un tubo de plomo que sobresalía de una esquina y que subía hacia el techo, como si se tratase de un tubo conductor de agua.

—¡Ah, ah! —dijo Lupin—. Esto sube… Es ingenioso… Porque, generalmente, donde se busca es en los sótanos…

El hilo estaba descubierto y no había más que dejarse guiar por aquel. Así llegaron al segundo piso, luego al tercero, y finalmente a las buhardillas. Así descubrieron que el techo de una de las buhardillas estaba resquebrajado y que el tubo pasaba hacia un desván muy bajo, y este, a su vez, presentaba un agujero de salida en la parte superior.

Pero por encima estaba el tejado.

Colocaron una escala y atravesaron un tragaluz. El techo estaba formado por planchas de hierro laminado.

—Pero ¿acaso no ve usted que esta pista que seguimos es errónea? —declaró el señor Formerie.

Lupin se encogió de hombros.

—No, en absoluto.

—No obstante, puesto que el tubo desemboca debajo de las planchas de hierro laminado…

—Eso prueba, sencillamente, que entre esas planchas y la parte superior del desván existe un espacio libre en el cual nosotros encontraremos… lo que buscamos.

—Imposible.

—Vamos a verlo. Que levanten las planchas… No, ahí no… Es aquí donde el tubo debe desembocar.

Tres agentes ejecutaron la orden. Uno de ellos lanzó una exclamación:

—¡Ah, ya estamos!

Se inclinaron. Lupin tenía razón. Debajo de las planchas, que estaban sostenidas por un entretejido de barras de madera medio podridas, había un espacio vacío, de una altura de un metro, a lo sumo, en su punto más elevado.

El primer agente que bajó rompió con su peso el tablado y cayó dentro del desván.

Fue preciso continuar trabajando sobre el tejado con precaución, al propio tiempo que levantaban las planchas metálicas.

Un poco más lejos había una chimenea. Lupin, que iba en cabeza y que vigilaba el trabajo de los agentes, se detuvo, y dijo:

—Aquí está.

Un hombre —más bien un cadáver— yacía, conforme pudieron ver a la luz resplandeciente del día, con el rostro lívido y convulsionado de dolor. Estaba amarrado con cadenas a unas anillas de hierro sujetas al cuerpo de la chimenea Cerca de él había dos cuencos.

—Está muerto —dijo el juez de instrucción.

—¿Qué sabe usted? —replicó Lupin.

Se dejó deslizar y con el pie tanteó el suelo, que en este lugar le parecía más sólido, y se aproximó al cadáver.

El señor Formerie y el subjefe siguieron su ejemplo.

Después de examinarle un instante, Lupin manifestó:

—Todavía respira

—Sí —dijo el señor Formerie—. El corazón late débilmente, no obstante, late. ¿Cree usted que aún es posible salvarle?

—Evidentemente, puesto que no está muerto… —declaró Lupin con gran seguridad. Y ordenó—: Leche, inmediatamente. Leche mezclada con agua de Vichy. Rápidamente. Yo respondo de todo.

Veinte minutos más tarde, el viejo Steinweg abrió los ojos.

Lupin, que estaba arrodillado cerca de él, murmuró lentamente, pero con claridad, a fin de grabar sus palabras en el cerebro del enfermo:

—Escucha, Steinweg. No reveles a nadie el secreto de Pierre Leduc. Yo, Arsène Lupin, te lo compro al precio que tú quieras. Déjame hacer a mí.

El juez de instrucción tomó a Lupin por el brazo, y en tono grave le dijo:

—¿Y la señora Formerie?

—La señora Formerie está libre, y le espera a usted con impaciencia.

—¿Cómo es eso?

—Vamos, señor juez de instrucción; yo sabía perfectamente de antemano que usted daría su consentimiento a la pequeña expedición que yo le proponía. No cabía pensar en una negativa por su parte…

—¿Por qué?

—Porque la señora Formerie es demasiado bonita.

2

Una página de la historia moderna

I

*L*upin lanzó violentamente sus dos puños, derecho e izquierdo, hacia delante, y luego los hizo retroceder hasta su pecho, para volver a lanzarlos de nuevo a vanguardia y al pecho otra vez.

Este movimiento, que ejecutó treinta veces seguidas, fue seguido después por una flexión del torso hacia delante y hacia atrás, y a continuación realizó un ejercicio que consistía en elevar alternativamente las piernas, y por último ejecutó un molinete alternativo con los brazos.

Todo esto duró un cuarto de hora; el cuarto de hora que consagraba cada mañana a desentumecer sus músculos, mediante ejercicios de gimnasia sueca.

Seguidamente, se instaló frente a su mesa, tomó unas hojas de papel blanco que estaban dispuestas en paquetes numerados, y, doblando una de ellas, hizo un sobre, tarea que repitió de nuevo con una serie de hojas sucesivas.

Se trataba de la tarea que había aceptado y a la que se entregaba todos los días en virtud de que los detenidos en la prisión tenían derecho a escoger la clase de trabajo que les agradase: pegar sobres, confeccionar abanicos de papel, hacer bolsas de metal, etc.

De este modo, al propio tiempo que ocupaba sus manos en un ejercicio maquinal y que distendía sus músculos por medio de flexiones mecánicas, Lupin no dejaba de meditar en sus asuntos.

Escuchó el crujido de los cerrojos y el ruido de la cerradura…

—¡Ah, es usted, mi excelente carcelero! ¿Se trata, acaso, del aseo supremo, del corte de cabello que precede al gran corte final de la guillotina?

—No —dijo el hombre.

—¿Se trata, entonces, de la instrucción del sumario? ¿El paseo al Palacio de Justicia? Me sorprende, pues el bueno del señor Formerie me advirtió últimamente que de ahora en adelante, y por prudencia, me interrogaría en mi propia celda… Lo que, confieso, obstaculiza mis planes.

—Es una visita para usted —dijo el hombre con tono lacónico.

«Ya está», pensó Lupin.

Y luego, dirigiéndose al locutorio, se dijo:

«Maldita sea. Si se trata de quien yo creo, soy un tipo magistral. En cuatro días, y desde el fondo de mi calabozo, haber puesto en marcha todo este asunto, constituye un golpe maestro».

Provistos de un permiso en toda regla, firmado por el director de la primera división de la prefectura de policía, los visitantes son introducidos en las estrechas celdas que sirven de locutorio. Estas celdas, divididas mediante dos rejas, dejan entre estos un espacio vacío de cincuenta centímetros y tienen dos puertas que dan a dos pasillos diferentes. El detenido entra por una puerta y el visitante por otra. No pueden, por tanto, ni tocarse, ni hablar en voz baja, ni realizar entre ellos el mínimo intercambio de objetos. Además, en ciertos casos, puede asistir un guardia a la entrevista.

En el presente caso fue el jefe de los carceleros quien tuvo ese honor.

—¿Quién diablos ha tenido autorización para visitarme? —exclamó Lupin al entrar—. Porque, en realidad, no es este el día en que recibo visitas.

Mientras el carcelero cerraba la puerta, se acercó al enrejado y examinó a la persona que se encontraba detrás de la otra reja y cuyos rasgos se distinguían solo confusamente en la semioscuridad.

—¡Ah! —exclamó con alegría—. Es usted, señor Stripani. ¡Qué feliz casualidad!

—Sí, soy yo, mi querido príncipe.

—No, nada de títulos, se lo suplico, querido señor. Aquí he renunciado a esos rasgos de la vanidad humana. Llámeme Lupin, que se ajusta más a esta situación.

—Bien quisiera, pero ha sido al príncipe Sernine a quien yo conocí, y es el príncipe Sernine quien me ha salvado de la miseria y me ha otorgado la felicidad y la fortuna, y usted debe comprender que para mí usted continuará siendo siempre el príncipe Sernine.

—Al grano, señor Stripani… al grano. Los momentos del jefe de los carceleros son preciosos y no tenemos derecho a abusar de él. En una palabra, ¿qué es lo que le trae a usted aquí?

—¿Lo que me trae aquí? ¡Oh, Dios mío, es muy sencillo! Me ha parecido que usted se sentiría descontento de mí si me dirigiera a otra persona que no fuese usted para completar la obra que usted comenzó. Y además, solo usted ha tenido en sus manos los elementos que le han permitido el reconstruir, en esta época, la verdad y prestar su concurso a mi salvación. Por consiguiente, solo usted está en condiciones de hacer frente al nuevo golpe que me amenaza. Es lo que el señor prefecto de policía ha comprendido cuando le he expuesto la situación…

—En efecto, me sorprende que usted haya sido autorizado...

—La negativa era imposible, mi querido príncipe. Su intervención es necesaria en un asunto en el cual tantos intereses están en juego, y esos intereses no son solamente míos, sino que además atañen a personajes situados en altas posiciones y que usted conoce...

Lupin observaba al carcelero con el rabillo del ojo. Aquel escuchaba con viva atención, con el torso inclinado y ansioso de sorprender el significado secreto de las palabras intercambiadas entre Lupin y su visitante.

—¿De modo que...? —preguntó Lupin.

—De modo que, mi querido príncipe, le suplico que reúna todos sus recuerdos respecto a ese documento impreso, redactado en cuatro idiomas, y cuyo comienzo, cuando menos, guardaba relación...

Un puñetazo en la mandíbula, un poco por debajo de la oreja... y el jefe de los carceleros se tambaleó durante unos segundos, y después, como un peso muerto, sin un gemido, cayó en los brazos de Lupin.

—Un buen golpe, Lupin —dijo este—. Es una tarea limpiamente «ejecutada». Escuche, Steinweg. ¿Tiene usted ahí cloroformo?

—¿Está seguro de que se ha desvanecido?

—Vaya si lo estoy. Tiene para tres o cuatro minutos... No obstante, eso no bastará.

El alemán sacó de su bolsillo un tubo de cobre que estiró, alargándolo como si se tratara de un catalejo y en el extremo del cual se hallaba fijado un minúsculo frasco.

Lupin tomó el frasco, vertió algunas gotas sobre el pañuelo y lo aplicó sobre la nariz del jefe de los carceleros.

—Magnífico... El buen hombre ya tiene lo que necesita... Esto me costará ocho o quince días de calabozo... Pero... son pequeños gajes del oficio.

—¿Y yo?

—¿Y tú? ¿Qué quieres que te haga yo?

—¡Caray! El puñetazo…

—Tú no tienes que ver nada con eso.

—¿Y la autorización para visitarte? Se trata de una falsa autorización.

—Tampoco tienes que ver nada con eso.

—Pero me aproveché de ella.

—Perdóname. Tú presentaste anteayer una solicitud ordinaria a nombre de Stripani. Esta mañana recibiste una respuesta oficial. El resto no te concierne. Han sido exclusivamente mis amigos quienes confeccionaron la respuesta y son solo ellos quienes tienen motivos para inquietarse. Vete a ver si vienen.

—¿Y si nos interrumpen?

—¿Por qué?

—Aquí se respiraba un aire sofocante de desconfianza cuando presenté mi autorización para ver a Lupin. El director me llamó a su presencia y la examinó con toda minuciosidad. No dudo que hayan telefoneado a la prefectura de policía.

—De eso estoy seguro.

—¿Y entonces?

—Todo está previsto, amigo mío. No te preocupes y charlemos. Me supongo que si has venido aquí es porque ya sabes de lo que se trata.

—Sí, tus amigos me lo han explicado…

—¿Y tú aceptas?

—El hombre que me salvó de la muerte, puede disponer de mí como quiera. Por muchos que sean los servicios que yo pueda prestarle, continuaré siendo siempre deudor suyo.

—Antes de entregar tu secreto, debes reflexionar en la situación en que yo me encuentro… Soy un prisionero reducido a la impotencia…

Steinweg se echó a reír, y replicó:

—No, te lo ruego, no bromeemos. Yo había entregado mi secreto a Kesselbach porque era rico y porque él podía, mejor que nadie, sacarle partido; pero aunque estés preso y reducido a la impotencia, te considero cien veces más poderoso de lo que era Kesselbach con sus cien millones.

—¡Oh, oh!

—Y tú lo sabes bien. Cien millones no hubieran bastado para destruir el agujero donde yo agonizaba, ni tampoco para conseguir traerme aquí y permanecer durante una hora frente al prisionero impotente que eres tú. Se precisa poseer otra cosa. Y esa otra cosa tú la posees.

—En ese caso, habla. Y procedamos por orden. Dime el nombre del asesino.

—Eso es imposible.

—¿Cómo imposible? Puesto que tú lo sabes, debes revelármelo todo.

—Todo, pero no eso.

—Sin embargo…

—Más tarde.

—Estás loco. Pero ¿por qué?

—Porque no tengo pruebas. Más tarde, cuando ya estés libre, investigaremos juntos. Por lo demás, ¿de qué sirve? Y, verdaderamente, no puedo hacerlo.

—¿Tienes miedo de él?

—Sí.

—Sea —dijo Lupin—. Después de todo, eso no es lo más urgente. Y en cuanto al resto, ¿estás resuelto a hablar?

—Sí, respecto a todo.

—Pues bien, responde: ¿cómo se llama Pierre Leduc?

—Hermann IV, gran duque de Deux-Ponts-Veldenz, príncipe de Berncastel, conde de Fistingen, señor de Wiesbaden y de otros lugares.

Lupin experimentó un estremecimiento de alegría al enterarse de que, ciertamente, su protegido no era el hijo de un salchichero.

—¡Diablos! —murmuró Lupin—. Tenemos un título… Según me parece saber, el gran ducado de Deux-Ponts-Veldenz está en Prusia.

—Sí, en la región del Moselle. La casa de Veldenz es una rama de la casa de Palatine de Deux-Ponts. El gran ducado fue ocupado por los franceses después de la paz de Lunéville, y formó parte del departamento de Mont-Tonnerre. En mil ochocientos catorce fue reconstituido en beneficio de Hermann I, bisabuelo de nuestro Pierre Leduc. El hijo, Hermann II, tuvo una juventud tempestuosa, se arruinó, dilapidó las finanzas de su país, se hizo insoportable a sus súbditos, y estos acabaron por quemar en parte el antiguo castillo de Veldenz y por expulsar de allí y de sus dominios al propietario. El gran ducado pasó entonces a ser administrado y gobernado por tres regentes, en nombre de Hermann II, quien, anomalía bastante curiosa, no abdicó y conservó su título de gran duque reinante. Vivió bastante pobre en Berlín, y más tarde hizo la campaña de Francia al lado de Bismarck, de quien era amigo; fue víctima de la explosión de un obús en el sitio de París, y al morir le confió a Bismarck su hijo Hermann… Hermann III.

—Por consiguiente, este es el padre de nuestro Leduc —interrumpió Lupin.

—Sí. Hermann III conquistó el afecto del canciller, quien en diversas ocasiones le utilizó como enviado secreto ante personalidades extranjeras. A la caída de su protector, Hermann Tercero abandonó Berlín, viajó por el mundo y luego regresó para establecerse en Dresde. Cuando Bismarck murió, Hermann Tercero estaba allí. Pero también él murió dos años más tarde. Esos son los hechos públicos y conocidos de todos en Alemania. Esa es la historia de los tres Hermann, grandes duques de Deux-Ponts-Veldenz, en el siglo diecinueve.

—Pero ¿y el cuarto... Hermann Cuarto, este de quien nos ocupamos?

—Ya hablaremos de él dentro de unos momentos. Pasemos ahora a los hechos ignorados.

—Y que solamente tú conoces —dijo Lupin.

—Que solo yo conozco, no, pues también los conocen otros.

—¿Cómo es eso, que los conocen otros? Entonces, ¿el secreto no fue guardado?

—Sí, sí, el secreto está bien guardado por aquellos que lo poseen. No temas, te respondo que esos tienen el mayor interés en no divulgarlo.

—Entonces, ¿cómo es que lo sabes tú?

—Por un antiguo criado y secretario íntimo del gran duque Hermann, el último de ese nombre. Ese criado, que murió en mis brazos en El Cabo, me confió primeramente que su amo se había casado en forma clandestina y había dejado un hijo. Y luego me entregó el famoso secreto.

—¿El mismo secreto que tú le revelaste más tarde a Kesselbach?

—Sí.

—Habla, entonces.

En el último instante en que Lupin pronunciaba esa última palabra, se escuchó el ruido de una llave en la cerradura.

II

—Ni una palabra —murmuró Lupin.

Trató de ocultarse arrimándose contra la pared, junto a la puerta. Esta se abrió. Lupin la volvió a cerrar violentamente, sacudiendo a un hombre que acababa de entrar… un carcelero, que lanzó un grito.

Lupin le agarró de la garganta.

—¡Cállate, amigo mío! Si protestas, estás perdido.

Le tendió sobre el suelo.

—¿Vas a portarte bien?… ¿Comprendes tu situación? ¿Sí? Perfecto… ¿Dónde tienes el pañuelo? A ver tus puños ahora… Bueno, ya estoy tranquilo. Escucha… Te mandaron aquí por precaución, ¿verdad?, para ayudar al jefe de los carceleros en caso de necesidad. Excelente medida, pero un poco tardía. Ya ves, el jefe de los carceleros está muerto… Si te mueves, si gritas, te pasará lo mismo.

Tomó las llaves de aquel hombre e introdujo una de ellas en la cerradura.

—Así ya estamos tranquilos.

—Estás tranquilo tú… pero ¿y yo? —observó el viejo Steinweg.

—¿Por qué habrán de venir?

—¿Y si han oído el grito que él lanzó?

—No lo creo. Pero, en todo caso, mis amigos, ¿no te entregaron las llaves falsas?

—Sí.

—Entonces tapona con ellas la cerradura… ¿Ya está? Bueno, disponemos al menos de diez magníficos minutos. Ya ves, querido amigo, cómo las cosas en apariencia más difíciles resultan simples en la realidad. Basta con un poco de sangre fría y saber adaptarse a las circunstancias. Vamos, no te emociones y habla. Habla en alemán, ¿quieres? No conviene que ese tipo participe de los secretos de Estado que nosotros tratamos. Anda, amigo mío, y habla con tranquilidad, pues estamos como en nuestra propia casa.

Steinweg prosiguió.

—La misma noche de la muerte de Bismarck, el gran duque Hermann III y su fiel criado, mi amigo el de El Cabo, subieron a un tren que los condujo a Múnich… justamente a tiempo de tomar el rápido de Viena. De Viena marcharon a Constantinopla, luego a El Cairo, después a Nápoles, seguidamente a Túnez, luego a España, después a París, y continuaron hacia Londres, San Petersburgo, y Varsovia… pero no se detuvieron en ninguna de esas ciudades. Saltaban al interior de un coche, hacían cargar en él sus dos maletas, galopaban a lo largo de las calles, se dirigían a la próxima estación o cercano embarcadero y volvían a tomar otro tren o un barco.

—En suma, que sabían que eran seguidos y trataban de despistar a sus seguidores —concluyó Arsène Lupin.

—Una tarde salieron de la ciudad de Tréves, vestidos con blusas y gorros de obreros, con un bastón al hombro y en la punta un hatillo colgado. Recorrieron a pie los treinta y cinco kilómetros que los separaban de Deux-Veldenz, donde se encuentra el viejo castillo de Deux-Ponts, o, más bien, las ruinas del mismo.

—Nada de descripciones.

—Durante todo el día permanecieron escondidos en un bosque vecino y por la noche se acercaron a las viejas murallas. Allí, Hermann ordenó a su criado que le esperase y escaló el muro, por el lugar donde había una brecha llamada la Brecha del Lobo. Regresó una hora más tarde. A la semana siguiente, después de nuevas peregrinaciones, regresó a su casa de Tréves. La expedición había acabado.

—¿Y el objeto de esa expedición?

—El gran duque no le confió ni una sola palabra sobre ello a su criado. Pero este, por ciertos detalles, y por la coincidencia de algunos hechos que luego se produjeron, pudo reconstruir la verdad, cuando menos en parte.

—Rápido, Steinweg; el tiempo apremia ahora, y estoy ávido de saber detalles.

—Quince días después de la expedición, el conde Waldemar, oficial de la guardia del emperador y uno de sus amigos personales, se presentó en casa del gran duque acompañado de seis hombres. Permaneció allí todo el día, encerrado con el gran duque en el despacho de este. En varias ocasiones se escucharon ruidos de altercado y de violentas disputas. Incluso el criado, que pasaba por el jardín, escuchó esta frase: «Esos papeles le fueron entregados a usted. Su majestad está seguro de ello. Si usted no quiere entregármelos por su propia voluntad...». El resto de la frase, el sentido de la amenaza, y, en suma, de toda la escena, se adivina fácilmente por lo que ocurrió después: la casa de Hermann fue visitada y registrada por el conde y sus hombres desde los cimientos hasta el techo.

—Pero eso era ilegal.

—Hubiera sido ilegal si el gran duque se hubiera opuesto a ello, pero él mismo acompañó al conde en sus pesquisas.

—¿Y qué es lo que buscaba? ¿Las memorias del canciller?

—Algo más importante que eso. Buscaba un legajo de papeles secreto cuya existencia conocía por ciertas indiscreciones cometidas, y los cuales se sabía de manera segura que habían sido confiados al gran duque Hermann.

Lupin tenía apoyados sus codos contra la reja y sus dedos se crispaban contra las mallas de hierro. Con voz emocionada murmuró:

—Unos documentos secretos... Y sin duda muy importantes.

—De la mayor importancia. La publicación de esos papeles tendría consecuencias que difíciles de prever, no solo desde el punto de vista de la política interna, sino también desde el punto de vista de las relaciones exteriores.

—¡Oh! —exclamó Lupin, sorprendido—. ¿Es posible? ¿Qué pruebas tienes?

—¿Qué pruebas? El propio testimonio de la esposa del

gran duque… las confidencias que ella le hizo al criado después de la muerte de su marido.

—En efecto… en efecto —balbució Lupin—. Es el propio testimonio del gran duque lo que nosotros tenemos.

—Mejor que eso todavía —exclamó Steinweg.

—¿Qué?

—Un documento. Un documento escrito de su puño y letra, y firmado por él, que contiene…

—¿Qué contiene?

—La lista de documentos secretos que le fueron confiados.

—Dime de qué se trata en breves palabras…

—No, sería imposible. El documento es largo y está entremezclado de anotaciones y de observaciones a veces incomprensibles. Voy a citarle a usted solamente dos títulos que corresponden a dos fajos de papeles secretos: *Cartas originales del Kronprinz a Bismarck*. Las fechas muestran que esas cartas fueron escritas durante los tres meses de reinado de Federico III. Para imaginar lo que pueden contener esas cartas, recuerde usted la enfermedad de Federico III, sus conflictos y luchas con sus hijos…

—Sí… Sí… ya sé… ¿Y el otro título?

—*Fotografías de las cartas de Federico III y de la emperatriz Victoria a la reina Victoria de Inglaterra*.

—¿Contienen eso?… ¿Contienen eso?… —exclamó Lupin con voz ahogada.

—Escuche las anotaciones escritas por el gran duque: «Texto del tratado con Inglaterra y Francia». Y estas palabras un tanto oscuras: «Alsacia-Lorena… Colonia… Limitación naval…».

—¿Contienen eso? —murmuró Lupin—. ¿Y tú dices que es oscuro? Por el contrario, son palabras resplandecientes de claras… ¡Ah!, cómo es posible…

Se oyó ruido en la puerta. Alguien llamó golpeando en ella.

—Que nadie entre —dijo Lupin—. Estoy ocupado.

Llamaron también a la otra puerta, por el lado de Steinweg. Lupin gritó:

—Un poco de paciencia, habré terminado dentro de cinco minutos.

Y luego le dijo al anciano con tono imperioso:

—Mantente tranquilo y prosigue… Según tú, ¿la expedición del gran duque y de su criado al castillo de Veldenz no tenía otro objeto que el ocultar esos documentos?

—No cabe la menor duda.

—Sea. Pero el gran duque pudo muy bien retirarlos de allí después.

—No, porque no volvió a abandonar Dresde hasta su muerte.

—Sin embargo, los enemigos del gran duque, aquellos que estaban en extremo interesados en recuperar los documentos y anularlos, ¿acaso no pudieron buscar allí dónde se encontraban esos papeles?

—Su investigación los llevó, en efecto, hasta allí.

—Y tú, ¿cómo lo sabes?

—Usted comprenderá perfectamente que yo no permanecí inactivo, y que mi primera preocupación cuando me hicieron esas revelaciones fue el ir a Veldenz e informarme por mí mismo en las aldeas vecinas. Y entonces me enteré que por dos veces el castillo había sido invadido por una docena de hombres llegados de Berlín y que habían sido acreditados ante los regentes.

—¿Y entonces?

—Pues que no encontraron nada, por cuanto después de esa época ya no se ha vuelto a permitir la visita al castillo.

—Pero ¿qué es lo que impide el entrar allí?

—Una guarnición de cincuenta soldados que velan allí día y noche.

—¿Soldados del gran ducado?

—No, soldados destacados allí, pero pertenecientes a la guardia personal del emperador.

Se escucharon voces en el pasillo, y alguien llamó de nuevo a la puerta, dirigiéndose a voces al jefe de los carceleros.

—Está durmiendo, señor director —replicó Lupin, quien reconoció la voz del señor Borély.

—Abra, le ordeno que abra.

—Imposible. La cerradura está obstruida. El único consejo que puedo darle a usted es que haga un corte alrededor de esa cerradura.

—Abra.

—Y la suerte de Europa, que nosotros estamos discutiendo, ¿qué hace usted con ella?

Se volvió hacia el anciano y añadió:

—De modo que tú no pudiste entrar en el castillo.

—No.

—Pero estás persuadido de que los famosos documentos están ocultos allí.

—¡Caramba!, ¿no le he dado a usted ya todas las pruebas? ¿No está convencido?

—Sí, sí —murmuró Lupin—. Es allí donde están ocultos… No hay duda de ello… Es allí donde están ocultos.

Le parecía ver el castillo y evocar el misterioso escondite. La visión de un tesoro inagotable, la evocación de cofres repletos de piedras preciosas y de riquezas no le hubiera emocionado más que la imagen de aquellos pedazos de papel sobre los cuales velaba la guardia del káiser. ¡Qué maravillosa conquista a emprender! ¡Y cuán digna de él! Y en qué forma, una vez más, había dado pruebas de clarividencia y de intuición, al lanzarse al azar sobre aquella pista desconocida.

Afuera estaban trabajando en la cerradura.

Le preguntó al viejo Steinweg:

—¿De qué murió el gran duque?

—De una pleuresía, en unos pocos días. Apenas pudo recobrar el conocimiento, y lo más horrible es que, al parecer, hacía esfuerzos inusitados entre dos accesos de delirio para reunir sus ideas y pronunciar unas palabras. De cuando en cuando llamaba a su esposa, la miraba con aire desesperado y movía en vano sus labios.

—En una palabra, ¿habló? —preguntó bruscamente Lupin, a quien el trabajo que estaban haciendo afuera, en torno a la cerradura, comenzaba a inquietarle.

—No, no habló. Pero en un momento de lucidez, a fuerza de energía, consiguió trazar unos signos sobre una hoja de papel que sostenía su esposa.

—Bueno, ¿y esos signos?

—Resultaron indescifrables en su mayor parte.

—Sí, la mayor parte… pero ¿y los otros? —preguntó Lupin con avidez—. ¿Y los otros?

—Hay, en primer lugar, tres cifras que se distinguen perfectamente: un ocho, un uno y un tres…

—Ochocientos trece… Sí, ya sé… ¿Y después?

—Después, unas letras… unas letras, de las cuales no es posible reconstruir con toda seguridad más que un grupo de tres, e inmediatamente después otro grupo de dos letras.

—«Apoon», ¿no es así?

—¡Ah!, ¿usted lo sabe?

La cerradura cedía, una vez que casi todos los tornillos habían sido quitados. Lupin, sintiéndose de pronto ansioso ante la idea de verse interrumpido, preguntó:

—¿De modo que esa palabra incompleta 'Apoon' y esa cifra 'ochocientos trece' son la fórmula que el gran duque le legó a su esposa y a su hijo, para permitirles que encontraran los papeles secretos?

—Sí.

Lupin se agarró con las dos manos a la cerradura para impedir que esta cayese.

—Señor director, va usted a despertar al jefe de los carceleros. Y eso no está bien. Espere unos momentos, ¿quiere usted? Steinweg, ¿qué le ocurrió a la esposa del gran duque?

—Murió poco después que su marido, puede decirse que víctima de la pena.

—¿Y el hijo fue recogido por la familia?

—¿Qué familia? El gran duque no tenía ni hermanos ni hermanas. Además, solo estaba casado en forma morganática y en secreto. No, el hijo fue llevado por el viejo servidor de Hermann, quien le educó bajo el nombre de Pierre Leduc. Era un chico bastante malo, independiente, fantasioso, de modo que resultaba difícil vivir con él. Un día se marchó. Y no se ha vuelto a saber de él.

—¿Conocía el secreto de su nacimiento?

—Sí, le fue mostrada la hoja de papel sobre la cual Hermann había escrito las letras y las cifras ochocientos trece, etcétera.

—Y después, ¿esa misma revelación no le fue hecha a nadie más que a ti?

—No.

—¿Y tú no se la confiaste a nadie más que al señor Kesselbach?

—Solo a él. Pero, por prudencia, a pesar de que le enseñé la hoja con los signos y las letras, así como la lista de que le he hablado a usted, guardé esos documentos. Los acontecimientos han demostrado que yo tenía razón.

—¿Y esos documentos los tienes tú?

—Sí.

—¿Y están guardados en lugar seguro?

—Por completo.

—¿En París?

—No.

—Tanto mejor. No olvides que tu vida está en peligro y que te persiguen.

—Ya lo sé. Al menor paso en falso, estoy perdido.

—Exactamente. Por tanto, toma precauciones, despista al enemigo, vete a buscar tus papeles y espera mis instrucciones. Este asunto ya lo tenemos en el bolsillo. De aquí a un mes, a más tardar, iremos a visitar juntos el castillo de Veldenz.

—¿Y si yo estoy en la cárcel?

—Haré que salgas de ella.

—¿Eso es posible?

—La mañana del mismo día que yo salga. No, me equivoco, será en la misma tarde… una hora después.

—Entonces, ¿usted tiene algún medio de hacerlo?

—Sí, diez minutos después, no puede fallar. ¿No tienes más que decir?

—No.

—Entonces, voy a abrir.

Dio un tirón a la puerta, e inclinándose ante el señor Borély, dijo:

—Señor director, no sé cómo disculparme…

No acabó la frase. La irrupción del director, acompañado de tres hombres, no le dio tiempo para ello.

El señor Borély estaba pálido de rabia y de indignación. Le sublevó la vista de los dos guardias tendidos en el suelo.

—¿Muertos? —preguntó.

—No, no —dijo Lupin con ironía—. Mire, aquel se mueve. ¡Habla, animal!

—Pero ¿y el otro? —preguntó el señor Borély, precipitándose sobre el jefe de los carceleros.

—Está solamente dormido, señor director. Se sentía muy cansado y entonces le concedí unos momentos de reposo. Intercedo en su favor. Me sentiría desolado si este pobre hombre…

—Basta de bromas —interrumpió el señor Borély con violencia.

Y luego, dirigiéndose a los hombres que le acompañaban, añadió:

—Que se le lleven a su celda… como primera medida.
En cuanto a este visitante…

Lupin no logró saber más sobre las intenciones del señor
Borély en relación con el viejo Steinweg. Pero para él, esta
era una cuestión absolutamente insignificante. Llevaba a su
celda solitaria problemas de un interés extraordinario, más
importantes que la suerte que pudiera caberle al anciano.
Poseía ya el secreto del señor Kesselbach.

3

La gran combinación de Lupin

I

Con gran sorpresa suya, Lupin no fue condenado al calabozo. El señor Borély en persona acudió a decirle, unas horas más tarde, que juzgaba inútil aquel castigo.

—Más que inútil, señor director, es peligroso —le contestó Lupin—. Peligroso, torpe y sedicioso.

—¿En qué? —preguntó el señor Borély, a quien aquel huésped inquietaba decididamente cada vez más.

—En esto, señor director. Usted llega hace un momento de la prefectura de policía, donde contó a quien corresponde la rebelión del detenido Lupin, y asimismo presentó allí el permiso de visita concedido al señor Stripani. Su disculpa era muy sencilla, puesto que cuando el señor Stripani le presentó ese permiso, usted tuvo la precaución de telefonear a la prefectura, en donde le respondieron que tal autorización era completamente válida.

—¡Ah, usted sabe!...

—Lo sé, tanto más cuanto que fue uno de mis agentes quien le respondió a usted en la prefectura. Inmediatamente, y a petición de usted, se inició una investigación contra quien proceda, y esto descubrió que la autorización no era más que una sencilla falsificación… Ahora se busca quién la realizó… pero esté usted tranquilo, pues no se descubrirá nada…

El señor Borély sonrió a modo de protesta.

—Entonces —continuó Lupin— se interrogó a mi amigo Stripani, quien no opuso resistencia alguna en confesar que su verdadero nombre es el de Steinweg. ¡Cómo es posible! En ese caso, el detenido Lupin habría conseguido introducir a alguien en la prisión de la Santé y conversar durante una hora con él. ¡Qué escándalo! Más vale callarlo todo, ¿no es así? Entonces se pone en libertad al señor Steinweg y se envía al señor Borély como embajador ante el detenido Lupin, provisto de todas las facultades y poderes para comprar su silencio. ¿No es así, señor director?

—Absolutamente cierto —replicó el señor Borély, quien adoptó la postura de bromear para ocultar así su embarazo—. Se creería que posee usted el don de la doble vista. Entonces, ¿acepta usted nuestras condiciones?

Lupin rompió a reír, y contestó:

—Es decir, que yo me someto a su petición. Sí, señor director, tranquilice usted a esos señores de la prefectura. Yo me callaré. Después de todo, ya cuento con bastantes victorias en mi activo para concederles el favor de mi silencio. No comunicaré nada a la prensa… cuando menos, sobre esta cuestión.

Esto significaba reservarse de hacer otros comunicados a la prensa sobre otros sujetos. En efecto, toda la actividad de Lupin iba a converger hacia ese doble fin: comunicarse por correspondencia con sus amigos, y, por medio de ellos, realizar una de esas campañas de prensa en que él sobresalía tanto.

Por lo demás, desde el momento de su detención, había dado ya las instrucciones necesarias a los dos Doudeville, y calculaba que los preparativos estaban ya a punto de dar resultado.

Todos los días se limitaba concienzudamente a confeccionar los sobres para los cuales todas las mañanas le entregaban los materiales necesarios en paquetes numerados, y que le recogían cada noche doblados y encolados.

Pero la distribución de paquetes numerados se realizaba siempre de la misma manera entre los detenidos que habían escogido esa clase de trabajo, y así, inevitablemente, el paquete que le entregaban a Lupin tenía que llevar cada día el mismo número de orden.

Conforme a la experiencia, el cálculo resultaba justo. No quedaba más que sobornar a uno de los empleados de la empresa particular a la cual estaba confiado el suministro y la expedición de los sobres.

Y eso resultó fácil.

Lupin, seguro del éxito, esperaba, pues, tranquilamente la señal convenida entre sus amigos y él, y que apareció marcada sobre la hoja superior del paquete.

El tiempo se deslizaba rápidamente, y hacia el mediodía recibía la visita cotidiana del señor Formerie, y en presencia del abogado Quimbel, testigo taciturno, Lupin sufría un estrecho interrogatorio.

Esa era su gran alegría. Habiendo acabado por convencer al señor Formerie de que no había participado en el asesinato del barón Altenheim, le confesó al juez de instrucción fechorías absolutamente imaginarias, las cuales, puestas en orden inmediatamente por el señor Formerie, desembocaban en resultados vergonzosos y en escandalosos desprecios, en los que el público reconocía el estilo personal de aquel gran maestro de la ironía que era Lupin.

Pequeños juegos inocentes, cual él decía. ¿Acaso no era preciso divertirse?

Pero la hora de las otras empresas más serias se aproximaba. Al quinto día, Arsène Lupin observó, sobre el paquete que le llevaron, la señal convenida, que consistía en una marca hecha con una uña a través de la segunda hoja.

«En fin —se dijo—, ya está.»

Sacó de un escondrijo un frasquito minúsculo, lo destapó, humedeció la extremidad del dedo índice con el líquido que aquel contenía y pasó luego el dedo sobre la hoja del papel.

Al cabo de un momento surgieron unos rasgos imprecisos, luego unas letras, y, finalmente, palabras y frases completas.

Leyó:

> Todo va bien. Steinweg libre. Se oculta en provincias. Geneviève Ernemont goza de buena salud. Acude con frecuencia al hotel Bristol a ver a la señora Kesselbach, que está enferma. Cada vez que lo hace, se entrevista con Pierre Leduc. Responde por el mismo medio. Ningún peligro.

Así pues, estaban establecidas las comunicaciones con el exterior. Una vez más, los esfuerzos de Lupin habían sido coronados por el éxito. Ya no quedaba más que ejecutar su plan, hacer realidad las confidencias del viejo Steinweg, y conquistar su libertad por medio de una de las más extraordinarias y geniales combinaciones que hubieran podido germinar en su cerebro.

Y tres días más tarde aparecían publicadas en el *Grand Journal* estas breves líneas:

> Aparte de las memorias de Bismarck, que, según gentes bien informadas, no contienen más que la historia oficial de los acontecimientos en los cuales estuvo mezclado el gran canciller, existe una serie de cartas confidenciales de considerable interés.
>
> Estas cartas han sido encontradas. Sabemos de buena fuente que van a ser publicadas inmediatamente.

Se recordará el ruido que provocó en el mundo entero esta nota enigmática, los comentarios a que dio lugar, las hipótesis emitidas, y, en particular, las polémicas publicadas en la prensa alemana. ¿Quién había inspirado esas líneas? ¿De qué cartas se trataba? ¿Qué personas se las habían escrito al canciller, o quién las había recibido de él? ¿Acaso se trataba de una venganza póstuma, o bien de una indiscreción cometida por un corresponsal de Bismarck?

Una segunda nota publicada orientó a la opinión sobre ciertos puntos, pero al propio tiempo vino a excitarla aún más de extraña manera.

Esa nota estaba así concebida:

Palacio de la Santé, celda 14, segunda división.

Señor director del Grand Journal:

Ha insertado usted en su número del martes último una gacetilla redactada de acuerdo con algunas palabras que se me escaparon la otra tarde en el curso de una conferencia que sostuve en la Santé, sobre política extranjera. Esa gacetilla, verídica en sus partes esenciales, precisa, sin embargo, una pequeña rectificación. Las cartas existen, efectivamente, y nadie puede discutir la excepcional importancia de las mismas, puesto que desde hace diez años son objeto de una búsqueda ininterrumpida por parte del Gobierno interesado en ellas. Pero nadie sabe dónde se encuentran y nadie sabe tampoco una sola palabra de lo que contienen… El público, estoy seguro, no me tomará a mal el hacerle esperar en satisfacer su legítima curiosidad. Aparte de que yo no tengo en mis manos todos los elementos necesarios para la búsqueda de la verdad, mis ocupaciones actuales no me permiten, en modo alguno, el consagrar a este asunto el tiempo que yo quisiera.

Todo cuanto puedo decir, por el momento, es que estas cartas fueron confiadas por el agonizante a uno de sus amigos más fieles, y que, a causa de ello, ese amigo tuvo que sufrir las pesadas consecuencias de su devoción. Espionaje, investigaciones domiciliarias, nada le fue ahorrado.

He dado orden a los dos mejores agentes de mi policía secreta para que reanuden los trabajos de investigación sobre esa pista, desde su punto inicial, y no dudo que, antes de dos días, no me encuentre en condiciones de aclarar este apasionante misterio.

ARSÈNE LUPIN

Así pues, era Arsène Lupin quien dirigía el asunto. Era él quien, desde el fondo de su prisión, ponía en escena la comedia o la tragedia que había sido anunciada en la primera nota. ¡Qué aventura! Había un regocijo general. Con un artista como él, el espectáculo no podía carecer de lo pintoresco y lo imprevisto.

Tres días más tarde podía leerse en el *Grand Journal:*

El nombre del fiel amigo al que hice alusión, me ha sido entregado. Se trata del gran duque Hermann III, príncipe reinante, aunque destronado, del gran ducado de Deux-Ponts-Veldenz, y confidente de Bismarck, de cuya completa amistad gozaba.

Un registro hecho en su domicilio por el conde W., acompañado de una docena de hombres, dio un resultado negativo, pero no por ello quedó menos demostrado que el gran duque estaba en posesión de los documentos.

¿Dónde los escondía? Es una cuestión que probablemente nadie en el mundo sabría resolver en la hora actual.

Yo pido veinticuatro horas de plazo para resolverla.

ARSÈNE LUPIN

De hecho, veinticuatro horas después apareció la nota prometida.

Las famosas cartas están ocultas en el castillo feudal de Veldenz, capital del gran ducado de Deux-Ponts, castillo en parte devastado en el curso del siglo XIX.

¿En qué lugar exactamente? ¿Y en qué consisten exactamente esas cartas? Tales son los dos problemas que yo estoy entregado a descifrar y cuya solución expondré dentro de cuatro días.

ARSÈNE LUPIN

El día anunciado, las gentes arrebataron el *Grand Journal* de mano de los vendedores. Pero, para decepción general, los informes prometidos no aparecían en sus páginas. Al día siguiente, el mismo silencio, e igualmente al otro día.

Entonces, ¿qué había ocurrido?

Se supo por una indiscreción cometida en la prefectura de policía. El director de la Santé, al parecer, había sido advertido de que Lupin se comunicaba con sus cómplices gracias a los paquetes de sobres que confeccionaba. No se había logrado descubrir nada, pero, en previsión de cuanto pudiera ocurrir, se había prohibido realizar todo trabajo a aquel insoportable detenido.

A lo cual, el insoportable detenido había replicado:

—Puesto que ya no tengo nada que hacer, voy a ocuparme de mi proceso. Que avisen a mi abogado, señor Quimbel.

Era cierto. Lupin, que hasta entonces se había negado a toda conversación con el abogado Quimbel, aceptó ahora el recibirle y preparar su defensa.

II

Al día siguiente, el abogado Quimbel, lleno de alegría, solicitó hablar con Lupin en el locutorio destinado a los abogados.

Quimbel era un hombre ya de edad, que llevaba gafas cuyos gruesos cristales hacían que sus ojos parecieran enormes. Colocó su sombrero sobre la mesa, dejó allí también su cartera de documentos, e inmediatamente le planteó a Lupin una serie de preguntas que llevaba preparadas cuidadosamente.

Lupin respondió a ellas con extrema complacencia, perdiéndose incluso en una infinidad de detalles, que el abogado Quimbel anotaba enseguida en unas fichas sujetas unas a otras con alfileres.

—Entonces —preguntó el abogado, con la cabeza inclinada sobre el papel—, ¿usted dice que en esa época...?

—Yo digo que en esa época... —replicó Lupin.

Insensiblemente, con movimientos imperceptibles y completamente naturales, Lupin se había acomodado sobre la mesa. Bajó el brazo poco a poco, deslizó la mano por debajo del sombrero del abogado Quimbel, introdujo un dedo en el interior de la badana, y tomó de allí una de esas bandas de papel plegado a lo largo que se insertan entre el cuero y la doblez, cuando el sombrero resulta grande.

Desplegó el papel. Era un mensaje de Doudeville, redactado en signos convencionales, y que decía:

> Estoy contratado como ayuda de cámara en casa del abogado Quimbel. Puede usted contestarme sin temor por este mismo medio.
>
> Es el asesino L. M. quien ha denunciado la artimaña de los sobres. Felizmente que usted había previsto ya esta contingencia.

Luego seguía un resumen detallado de todos los hechos y comentarios suscitados por las divulgaciones de Lupin.

Lupin sacó de su bolsillo una banda de papel análoga, que contenía sus instrucciones; con ella sustituyó suavemente a la otra y retiró la mano. La partida estaba jugada.

Y la correspondencia de Lupin con el *Grand Journal* se reanudó inmediatamente.

Me disculpo ante el público por haber faltado a mi promesa. El servicio postal del Palacio de la Santé es deplorable.

Por lo demás, estamos llegando al final. Tengo a mano todos los documentos que establecen la verdad sobre bases indiscutibles. Esperaré para publicarlos. Pero, no obstante, que se sepa esto: entre esas cartas las hay que fueron dirigidas al canciller por aquel que se declaraba entonces su discípulo y admirador, y que, años más tarde, habría de desembarazarse de ese lastre molesto y gobernar por sí mismo.

¿Me hago comprender suficientemente?

Y al día siguiente:

Estas cartas fueron escritas durante la enfermedad del último emperador. ¿Bastará con decir esto para señalar toda su importancia?

Cuatro días de silencio, y luego esta última nota, cuya resonancia aún no ha sido olvidada:

Mi investigación ha terminado. Ahora ya lo sé todo. A fuerza de reflexionar, he adivinado el secreto del escondrijo.

Mis amigos van a dirigirse a Veldenz, y, a pesar de todos los obstáculos, penetrarán en el castillo por una entrada que yo les indicaré.

Los periódicos publicarán entonces las fotografías de esas

ciado entre Herlock Sholmès y Lupin; duelo invisible en este caso y, podría decirse, anónimo; pero un duelo impresionante, por todo el escándalo producido en torno a la aventura y por el juego que se disputaban los dos enemigos irreconciliables, enfrentados en esta ocasión una vez más.

Ya no se trataba de pequeños intereses particulares, de robos insignificantes, de miserables pasiones individuales, sino de un asunto verdaderamente mundial y en el que la política de tres grandes naciones de Occidente se hallaba comprometida, al extremo de que podría turbar la paz del mundo.

No olvidemos que en esa época se hallaba planteada la crisis de Marruecos, y que una chispa significaba la conflagración.

Por tanto, todos esperaban con ansiedad, aunque no supieran con exactitud qué era lo que esperaban. Porque, en suma, si el detective salía vencedor del duelo, si encontraba las cartas, ¿quién lo sabría? ¿Qué prueba se tendría de su triunfo?

En el fondo se tenían depositadas las esperanzas en Lupin y en su conocido hábito de tomar al público como testigo de sus actos. ¿Qué haría Lupin? ¿Cómo podría este conjurar el espantoso peligro que le amenazaba? ¿Tenía siquiera conocimiento de él?

Entre los cuatro muros de su celda, el detenido número 14 se planteaba a sí mismo, más o menos, esas mismas preguntas, y no era una vana curiosidad lo que le estimulaba a ello, sino una inquietud real, una angustia que se mantenía viva en todo momento.

Se sentía irrevocablemente solo, con sus manos impotentes, una voluntad impotente y un cerebro impotente. El hecho de que fuese hábil, ingenioso, intrépido, heroico, todo ello no servía de nada. La lucha proseguía al margen de él. Ahora su papel había terminado. Había reunido todas las piezas y tendido todos los resortes de la gran máquina que debía producir, que debía, de algún modo, crear en forma mecánica su libertad; mas era imposible realizar ningún movimiento para perfeccionar y vigilar su obra. En una fecha fija tendría lugar el desenlace. Hasta entonces podían surgir mil incidentes contrarios, levantarse mil obstáculos, sin que él tuviera ningún medio de combatir aquellos incidentes ni de allanar esos obstáculos.

Lupin conoció entonces las horas más dolorosas de su vida. Dudó de sí mismo. Se preguntó si su existencia no acabaría enterrándose en los horrores del presidio.

¿No se habría equivocado en sus cálculos? ¿Acaso no era infantil creer que en una fecha fija se produciría el acontecimiento liberador?

«¿Locura? —se decía—. Mi razonamiento es falso... ¿Cómo admitir semejante coincidencia de circunstancias? Sobrevendría algún pequeño hecho que lo destruiría todo... El grano de arena...»

La muerte de Steinweg y la desaparición de los documentos que el anciano debería haberle enviado, no le turbaban en absoluto. En cuanto a los documentos le hubiera sido posible, en último extremo, prescindir de ellos, y con las pocas palabras que le había dicho Steinweg, podría, a fuerza de adivinar y de genio, reconstruir lo que contenían las cartas del emperador y trazar el plan de batalla que le proporcionaría la victoria. Pero pensaba en Herlock Sholmès, que estaba allí, en el propio centro del campo de batalla y que buscaba y encontraría las cartas, demoliendo así el edificio tan pacientemente levantado por Lupin.

E igualmente pensaba en el otro, en el enemigo implacable, emboscado en torno a la prisión, oculto, quizá, en aquella, y que adivinaba sus planes más secretos, incluso antes que hubiesen florecido en el misterio de su pensamiento.

Pasó el 17 de agosto... el 18... el 19... Todavía pasaron

dos días más... Fueron como dos siglos. ¡Qué interminables minutos! Tan tranquilo de ordinario, tan dueño de sí, dotado de tanto ingenio para divertirse, Lupin se sentía ahora febril, exuberante por momentos y deprimido en otros, sin fuerzas para luchar contra el enemigo, desconfiando de todos, víctima de la dejadez.

Llegó el 20 de agosto...

Hubiera querido actuar, pero no podía. Todo cuanto hiciese por adelantar la hora del desenlace, le resultaría inútil. Ese desenlace podría producirse o no, pero Lupin no tendría la certidumbre de ello antes de que la última hora del último día hubiese transcurrido hasta su último minuto. Solamente entonces sabría el fracaso definitivo de su combinación.

«Fracaso inevitable —no cesaba de repetirse—. El triunfo depende de circunstancias demasiado sutiles, y no puede obtenerse como no sea por medios demasiado psicológicos... está fuera de duda que yo me ilusioné respecto al valor y al alcance de las armas de que dispongo... pero, sin embargo...»

Luego volvía a él la esperanza. Pesaba sus posibilidades. Estas le parecían de pronto reales y formidables. Los acontecimientos se producirían conforme él había previsto y por las mismas razones con que él había contado. Era inevitable...

Sí, inevitable. A menos, sin embargo, que Sholmès encontrase el escondrijo...

Y de nuevo pensaba en Sholmès... Y de nuevo le abrumaba un inmenso desaliento.

—El último día...

Se despertó tarde, tras una noche de pesadillas.

No vio a nadie ese día, ni al juez de instrucción ni a su abogado.

Por la tarde deambuló lentamente y desanimado, y así llegó la noche... La noche tenebrosa de las celdas... Tenía fiebre. Su corazón se agitaba en su pecho como una bestia enloquecida.

Y los minutos pasaban irreparables...

A las nueve, nada. A las diez, nada.

Con todos sus nervios tensos como las cuerdas de un arco de violín, escuchaba los ruidos confusos de la prisión y trataba de alcanzar, a través de sus muros inexorables, todo cuanto podía traspasarlos procedente de la vida exterior.

¡Oh, cómo hubiera querido detener la marcha del tiempo y dejarle al destino un poco más de ocio!

Pero ¿de qué servirla? ¿Acaso no había terminado todo?

—¡Ah!, me vuelvo loco —exclamó—. Que se acabe todo esto… Vale más así. Volveré a comenzar de otro modo… Intentaré otras cosas… Pero ya no puedo más.

Se cogía la cabeza con las manos, la apretaba con todas sus fuerzas, se encerraba en sí mismo y concentraba su pensamiento sobre un mismo objeto, como si quisiera creer en el acontecimiento formidable, asombroso, inadmisible, al cual había encadenado su independencia y su fortuna.

—Es preciso que todo eso ocurra —murmuraba—. Es preciso, y no porque yo lo quiera, sino porque es lógico. Y será así… Será así…

Se golpeó la cabeza con los puños y de sus labios brotaron palabras de delirio…

Crujió la cerradura. En su furia no había escuchado el ruido de pasos en el corredor, y he aquí que, de pronto, un rayo de luz penetró en su celda y se abrió la puerta.

Entraron tres hombres.

Lupin no experimentó la menor sorpresa.

El asombroso milagro se producía y esto le pareció completamente natural, normal y en perfecto acuerdo con la verdad y la justicia.

Le inundó un torrente de orgullo. En ese momento sintió verdaderamente la sensación clara de su fuerza y de su inteligencia.

—¿Enciendo la luz eléctrica? —dijo uno de los tres hombres, en quien Lupin reconoció al director de la prisión.

—No —respondió el más corpulento de sus compañeros, hablando con acento extranjero—. Basta con esta linterna.

—Debo marcharme.

—Haga conforme a sus deseos, señor —declaró el mismo individuo.

—Conforme a las instrucciones que me ha dado el prefecto de policía, debo atenerme enteramente a sus deseos.

—En ese caso, señor, es preferible que se retire.

El señor Borély salió, dejando entreabierta la puerta, y permaneció afuera, al alcance de cualquier llamada.

El visitante habló unos momentos con el otro acompañante, que aún no había pronunciado palabra, y Lupin trató en vano de divisar en las sombras sus rasgos fisonómicos. No veía más que siluetas negras, vestidas con amplios abrigos de automovilista y tocados con gorras con las viseras bajas.

—¿Es usted, en efecto, Arsène Lupin? —preguntó el hombre, proyectando sobre el rostro de Lupin la luz de la linterna.

Sonrió.

—Sí, yo soy el llamado Arsène Lupin, actualmente detenido en la Santé, celda catorce, segunda división.

—Entonces es usted, en efecto —prosiguió el visitante—, quien ha publicado en el *Grand Journal* una serie de notas más o menos fantasiosas, en la que se trata de unas pretendidas cartas…

Lupin le interrumpió:

—Perdón, señor, pero antes de continuar esta entrevista, cuyo objeto, dicho sea entre nosotros, no me parece muy claro, le quedaría a usted muy agradecido si me dijera con quién tengo el honor de hablar.

—Es absolutamente inútil —replicó el extranjero.

—Absolutamente indispensable —afirmó Lupin.

—¿Por qué?

—Por razones de delicadeza, señor. Usted ya sabe mi nombre, pero yo no sé el de usted; en esto existe una falta de corrección que yo no puedo soportar.

El extranjero se impacientó.

—El solo hecho de que el director de esta prisión nos haya presentado prueba que…

—Que el señor Borély ignora las convenciones —replicó Lupin—. Aquí somos dos, señor, y estamos a la par. No hay un superior y un subalterno, un prisionero y un visitante que consiente en verle. Hay dos hombres, y uno de ellos tiene sobre la cabeza un sombrero que no debería tener.

—Vamos, pero…

—Tome usted esta lección como mejor le plazca, señor —dijo Lupin.

El extranjero se aproximó.

—Primero quítese usted el sombrero —volvió a decir Lupin—. El sombrero…

—Usted tendrá que escucharme.

—No.

—Sí.

—No.

La situación estaba envenenándose estúpidamente. El otro extraño, que hasta entonces había permanecido callado, puso una mano sobre el hombro de su compañero, y le dijo en alemán:

—Déjame proceder.

—Pero cómo… Pensaba que…

—Cállate y vete.

—¡Que lo deje a usted solo!…

—Sí.

—Pero ¿y la puerta?

—La cerrarás y te alejarás.

—Pero este hombre… Usted le conoce… Se trata de Arsène Lupin…

—Vete…

El otro salió mascullando palabras ininteligibles.

—Cierra de una vez la puerta —gritó el segundo visitante—. Más aún… Completamente… Bien…

Entonces se volvió, tomó la linterna y la levantó poco a poco.

—¿Tendré que deciros quién soy? —preguntó.

—No —replicó Lupin.

—¿Y por qué no?

—Porque ya lo sé.

—¡Ah!

—Porque usted es aquel que yo esperaba.

—¡Yo!

—Sí, señor.

4

Carlomagno

I

—Silencio —dijo vivamente el extranjero—. No pronuncie usted esa palabra.

—¿Cómo debo entonces llamar a su…?

—Con ningún nombre.

Ambos se callaron. Ese momento de respiro no era de esos que preceden a la lucha de dos adversarios prestos al combate. El extranjero iba y venía como un amo y señor que tiene costumbre de mandar y ser obedecido. Lupin, inmóvil, ya no mostraba su habitual actitud de provocación ni mostraba su irónica sonrisa. Esperaba con rostro solemne. Pero en el fondo de su ser, ardientemente, locamente, gozaba de la situación prodigiosa en que se encontraba, allí en aquella celda de prisionero y en su carácter de detenido… Él, aventurero, estafador, ladrón… Él, Arsène Lupin… Y frente a él, aquel semidiós del mundo germano, autócrata ambicioso que soñaba con absorber la herencia de César y de Carlomagno.

Su propio poderío le embriagó por un momento. A sus ojos asomaron lágrimas, al tiempo que soñaba con su triunfo.

El extranjero se detuvo.

E inmediatamente, después de la primera frase, llegaron a la medula de la cuestión.

—Mañana es veintidós de agosto. Las cartas deben publicarse mañana, ¿no es así?

—Esta misma noche. Dentro de dos horas, mis amigos deberán depositar en el *Grand Journal*, no las cartas, pero sí la lista exacta de ellas, anotada por el gran duque Hermann.

—Esa lista no será depositada.

—No, no lo será.

—Usted me hará entrega de ella.

—Será puesta en manos de su… entre vuestras manos.

—E igualmente todas las cartas.

—Sí, igualmente todas las cartas.

—Sin que ninguna haya sido fotografiada.

—Sí, sin que ninguna sea fotografiada.

El extranjero hablaba con voz solemne, en la que no había el mínimo acento de súplica, pero tampoco la más mínima inflexión de autoridad. Él no ordenaba ni preguntaba: enunciaba los actos inevitables de Arsène Lupin. Tenía que ser así. Y así sería, cualesquiera que fuesen las exigencias de Arsène Lupin, y cualquiera que fuese el precio que aquel fijara para llevar a cabo esos actos. Por anticipado, las condiciones estaban ya aceptadas.

«Caray —se dijo Lupin—. Tengo que enfrentarme a algo muy fuerte. Si apelan a mi generosidad, estoy perdido.»

Trató de reaccionar para no debilitar su posición, ni tampoco abandonar todas las ventajas que había conquistado con tanto esfuerzo.

Por lo demás, a pesar de todo, aquel hombre constituía un adversario respecto al cual Lupin experimentaba una viva antipatía. Su tono le resultaba desagradable y su actitud altiva.

El extranjero dijo:

—¿Ha leído usted esas cartas?

—No.

—Pero ¿alguno de los suyos las ha leído?

—No.

—¿Entonces?

—Entonces… yo tengo la lista y las anotaciones del gran duque. Además de esto, conozco el escondrijo donde él ocultó todos sus documentos.

—En este caso, ¿por qué no se ha apoderado usted de ellos?

—Es que me he enterado del secreto del escondrijo después que me encontrara aquí. A estas horas mis amigos se hallan camino de ese escondrijo.

—Pero el castillo está guardado; lo ocupan doscientos de mis mejores hombres.

—No bastarían diez mil.

Después de un momento de reflexión, el visitante preguntó:

—¿Y cómo sabe usted el secreto?

—Lo he adivinado.

—Entonces es que habrá obtenido otras informaciones, otros elementos que no han sido publicados por los diarios.

—Ningunas.

—No obstante, durante cuatro días yo he registrado el castillo…

—Herlock Sholmès ha buscado mal.

—¡Ah! —exclamó el extranjero como hablando consigo mismo—. Es extraño… Es extraño… ¿Y está usted seguro de que sus suposiciones sean exactas?

—No se trata de suposiciones, es una certeza.

—Tanto mejor, tanto mejor —murmuró el otro—. Solo estaremos tranquilos cuando esos papeles ya no existan más.

Y colocándose bruscamente frente a Arsène Lupin, añadió:

—¿Cuánto?

—¿Qué? —respondió Lupin.

—¿Cuánto quiere por esos papeles? ¿Cuánto por la revelación del secreto?

El extranjero esperaba oír una cifra. Pero él mismo propuso:

—¿Cincuenta mil… cien mil?…

Y como Lupin no respondiera, agregó con tono un poco de duda:

—¿Más aún? ¿Doscientos mil? Sea. Acepto.

Lupin sonrió, y dijo en voz baja:

—La cifra es bonita. Pero ¿acaso no es probable que determinado monarca, supongamos el rey de Inglaterra, llegase hasta el millón? ¿Con toda sinceridad?…

—Lo creo posible.

—¿Y para el emperador esas cartas no tienen precio lo mismo que valga dos millones que doscientos mil francos… o bien tres millones como dos millones?

—Así lo creo.

—¿Y si ello fuese preciso, daría el emperador esos tres millones?

—Sí.

—Entonces será fácil llegar a un acuerdo.

—¿Sobre esa base? —exclamó el extranjero con cierta inquietud.

—Sobre esa base, no… Yo no busco el dinero… Es otra cosa lo que yo deseo… Otra cosa que vale para mí mucho más que los millones: la libertad.

El extranjero se sobresaltó.

—¡Ah!, vuestra libertad… Pero yo no puedo hacer nada… Eso concierne a su patria… a la justicia… Yo no dispongo de poder alguno.

Lupin se le acercó y, bajando aún más la voz, le dijo:

—Usted dispone de todo el poder, señor… mi libertad

no constituye un acontecimiento tan sensacional para que le den a usted una negativa.

—Entonces, ¿sería preciso que yo la solicitara?

—Sí.

—¿A quién?

—A Valenglay, presidente del Consejo de Ministros.

—Sin embargo, el señor Valenglay no puede conseguir él mismo ni más ni menos que yo...

—Sí, él puede abrirme las puertas de esta prisión.

—Eso provocaría un escándalo.

—Cuando yo digo abrir... es que me bastaría con entreabrirlas... simularemos una fuga... el público la espera de tal modo, que este ya no exigiría que se le rindan cuentas de esa fuga.

—Sea... sea... Pero el señor Valenglay jamás accederá...

—Sí, accederá.

—¿Por qué?

—Porque usted le hará presente su deseo de que así sea.

—Mis deseos no constituyen órdenes para él.

—No, pero entre Gobiernos, esas son cosas que pueden hacerse. Y Valenglay es demasiado político...

—Vamos, ¿usted cree que el Gobierno francés va a cometer un acto tan arbitrario con el único objeto de serme grato?

—Ese objeto no será el único.

—¿Cuál será el otro?

—La alegría de servir a Francia aceptando la proposición que acompañará a la petición de libertad.

—Entonces, ¿yo tendré que hacer una proposición?

—Sí, señor.

—¿Cuál?

—No lo sé, pero me parece que existe siempre un terreno favorable para entenderse... Hay posibilidades de acuerdo...

El extranjero lo miraba sin comprender. Lupin se inclinó hacia él y, cual si buscara y meditara sus palabras, como si imaginase una hipótesis, dijo:

—Supongamos que dos países estén divididos por una cuestión insignificante… Que tengan un punto de vista diferente sobre un problema secundario… Un problema colonial, por ejemplo, en el que esté en juego el amor propio más bien que sus intereses… ¿Acaso es imposible que el jefe de uno de esos países llegue por sí mismo a tratar ese problema con un nuevo espíritu de conciliación?… ¿Y a dar instrucciones necesarias para…?

—¿Para que yo le deje Marruecos a Francia? —dijo el extranjero, rompiendo a reír.

La idea que sugería Lupin le parecía la cosa más tonta del mundo y por ello reía a mandíbula batiente. Existía tamaña desproporción entre el objetivo a alcanzar y los medios ofrecidos para alcanzarlo…

—Evidentemente… Evidentemente —dijo el extranjero, esforzándose en vano por recobrar su seriedad—. Evidentemente, la idea es original… Toda la política moderna trastornada para que Arsène Lupin quede libre. Los objetivos del Imperio destruidos para permitir que Arsène Lupin continúe sus fechorías… Vamos, ¿por qué no me pide que le entregue Alsacia y Lorena?

—Ya he pensado en eso, señor —replicó Lupin.

El regocijo del extranjero aumentó de grado.

—Admirable. ¿Y usted ha desistido de ello?

—Por esta vez, sí.

Lupin se había cruzado de brazos. Él también se divertía exagerando el papel que estaba representando, y continuó con afectada seriedad:

—Pueden producirse una serie de circunstancias tales que yo tenga entre las manos un poder suficiente para reclamar y obtener esa restitución. Y ese día no dejaré de lograrlo en verdad. Por el momento, las armas de que dispongo me obligan a una mayor modestia. Me basta con la paz en Marruecos.

—¿Nada más que eso?

—Nada más que eso.

—¿Marruecos a cambio de vuestra libertad?

—Nada más... o, más bien... porque es preciso no perder en modo alguno de vista el propio objeto de esta conversación... o, mejor aún, un poco de buena voluntad por parte de uno de los dos grandes países interesados... y, a cambio de ello, el abandono de las cartas que están en mi poder.

—Esas cartas... esas cartas —murmuró el extranjero con irritación—. Después de todo, quizá no sean de gran valor...

—Señor, eso está en sus manos, y a ellas les ha atribuido usted valor suficiente para venir a verme a esta celda.

—Bueno, ¿y qué importa?

—Pero es que hay otras cuya procedencia usted desconoce y sobre las cuales voy a proporcionarle algunos informes.

—¡Ah! —respondió el extranjero, inquieto.

Lupin dudó.

—Hable, hable sin rodeos —ordenó el extranjero—. Hable claramente.

En el profundo silencio que allí reinaba, Lupin declaró con cierta solemnidad:

—Hace veinte años se elaboró un proyecto de tratado entre Alemania, Inglaterra y Francia.

—Eso es falso. Es imposible. ¿Quién hubiera podido...?

—El padre del actual emperador y la reina de Inglaterra, su abuela, ambos bajo la influencia de la emperatriz.

—Imposible, repito que eso es imposible.

—La correspondencia respecto a ello se encuentra en el escondrijo del castillo de Veldenz, escondrijo del cual yo soy el único que posee el secreto.

El extranjero iba y venía, presa de agitación.

Se detuvo, y dijo:

—¿El texto del tratado forma parte de esa correspondencia?

—Sí, señor. Y está escrito de puño y letra de vuestro padre.

—¿Y qué dice?

—Que por ese tratado, Inglaterra y Francia concedían y prometían a Alemania un imperio colonial lo suficientemente grande para que abandonase sus sueños de hegemonía y que se resignase a no ser… más de lo que ella es.

—Y a cambio de ese imperio, ¿qué exigió Inglaterra?

—La limitación de la flota alemana.

—¿Y Francia?

—Alsacia y Lorena.

El emperador se calló, apoyándose contra la mesa, pensativo. Lupin prosiguió:

—Todo estaba previsto. Los gabinetes de París y de Londres daban su aquiescencia. Era cosa hecha. El gran tratado de alianza iba a concluirse, fundando así una paz universal y definitiva. La muerte de vuestro padre anuló ese bello sueño. Pero yo pregunto a vuestra majestad: ¿qué pensará su pueblo y qué pensará el mundo cuando se sepa que Federico III, uno de los héroes de mil ochocientos setenta, un alemán pura sangre, respetado por todos sus conciudadanos e incluso por sus enemigos, aceptaba, y, por consiguiente, consideraba como cosa justa la restitución de Alsacia y Lorena?

Se calló un instante, dejando que el problema se planteara en términos precisos ante la conciencia del emperador; ante la conciencia del hombre, del hijo y del soberano.

Luego concluyó:

—Corresponde a su majestad el decidir si quiere o si no quiere que la historia registre ese tratado. En cuanto a mí, señor, usted puede ver que a mi humilde personalidad no le corresponde ocupar mucho espacio en ese debate.

Un largo silencio siguió a las palabras de Lupin. Esperaba con ánimo angustiado. Era su destino lo que se jugaba en ese minuto que él había concebido, que en cierta forma había traído al mundo con tantos esfuerzos y tanta obstinación... Minuto histórico nacido de su cerebro y en el que su «humilde personalidad», dijera lo que dijese, ejercía gran peso sobre la suerte de los imperios y sobre la paz del mundo...

Enfrente, en la sombra, César meditaba.

¿Qué iría a decir? ¿Qué solución daría al problema?

Caminó a lo ancho de la celda durante unos momentos, que a Lupin le parecieron interminables.

Luego se detuvo y dijo:

—¿Hay otras condiciones más?

—Sí, señor, pero son insignificantes.

—¿Cuáles son?

—He encontrado al hijo del gran duque de Deux-Ponts-Veldenz Deberá devolvérsele el gran ducado.

—¿Y después?

—Ama a una joven que a su vez lo ama a él también... Se trata de la mujer más bella y más virtuosa, y él se casará con esa joven.

—¿Y entonces?

—Eso es todo.

—¿No hay nada más?

—Nada más. A su majestad no le queda nada más que hacer que entregarle esta carta al director del *Grand Journal* para que destruya, sin leerlo, el artículo que va a recibir de un momento a otro.

Lupin le tendió la carta, con el corazón angustiado y la mano temblorosa. Si el emperador la tomaba sería la señal de su aceptación.

El emperador dudó, y luego, con gesto enfurecido, tomó la carta, se puso su sombrero, se envolvió en su capa y salió sin decir palabra

Lupin permaneció durante unos segundos tambaleante, como aturdido…

Luego, de pronto, se dejó caer sobre su silla llorando de alegría y de orgullo…

II

—Señor juez de instrucción, es hoy cuando tengo el deseo de despedirme de usted.

—¡Cómo, señor Lupin, entonces tiene usted la intención de abandonarnos!

—Y con gran pesar, señor juez de instrucción; puede estar seguro de ello, puesto que nuestras relaciones eran de una encantadora cordialidad. Sin embargo, no hay placer que no tenga fin. Mi cura de salud en el palacio de la Santé ha terminado y otros deberes me reclaman. Es preciso que me fugue esta noche.

—Buena suerte entonces, señor Lupin.

—Se lo agradezco mucho, señor juez de instrucción.

Arsène Lupin esperó pacientemente la hora de su fuga, pero no sin preguntarse en qué forma se efectuaría aquella y por qué medios Francia y Alemania, reunidas merced a esa obra meritoria, llegarían a hacerla realidad sin demasiado escándalo.

A media tarde, el carcelero le comunicó que acudiese al patio de la entrada. Se dirigió allí con presteza y encontró al director, que le puso en manos del señor Weber, y este le hizo subir a un automóvil en el que había tomado asiento alguien más.

Inmediatamente, Lupin sufrió un ataque de risa desenfrenada.

—¡Cómo, es a ti, mi pobre Weber, a quien te ha tocado cargar con el muerto! Eres tú quien será el culpable de mi fuga. Confieso que no tienes suerte. Pobre amigo mío. Habiéndote hecho ilustre, gracias a mi detención, ahora te vas a hacer inmortal con mi fuga.

Luego miró a la otra persona que estaba allí.

—Caramba, señor prefecto de policía, ¿usted también metido en este asunto? Vaya regalito que le han hecho. Si me permite darle un consejo, quédese usted en el pasillo. Que todos los honores correspondan a Weber. Le pertenecen por derecho… Es hombre fuerte este pícaro…

El vehículo se circulaba con rapidez a lo largo del Sena y por Boulogne. En Saint-Cloud atravesaron el río.

—Perfectamente —exclamó Lupin—. Vamos a Garches. Me necesitan allí para reconstruir la muerte de Altenheim. Bajaremos a los subterráneos, yo desapareceré y luego dirán que me evaporé por otra salida que solamente conocía yo. ¡Dios santo, qué idiota es todo esto!

Parecía desolado.

—Idiota, de lo más idiota que cabe imaginar… Me hace enrojecer de vergüenza… Y estas son las gentes que nos gobiernan… Qué época esta… Pero, desgraciados, deberían haberme consultado a mí. Yo les hubiera preparado una evasión perfecta, del género de lo milagroso. Es una de mis especialidades. El público hubiera aullado ante tamaño prodigio y se hubiera derretido de alegría. Pero en lugar de eso… En fin, cierto es que a ustedes les sorprendió la cosa un poco inesperadamente… No obstante, a pesar de ello…

El programa de la fuga era, en efecto, tal como Lupin lo había previsto. Entraron en la casa de retiro hasta el pabellón llamado Hortensia. Lupin y sus dos acompañantes bajaron y cruzaron el subterráneo. Al llegar al final, el subjefe de policía le dijo:

—Está usted en libertad.

—Vaya —replicó Lupin—. Esto no tiene malicia ninguna. Mi mayor agradecimiento, mi querido Weber, y mis disculpas por las molestias. Señor prefecto, presente usted mis respetos a su esposa.

Subió la escalera que conducía a la villa de las Glicinas, levantó la trampilla y saltó dentro de la estancia.

Una mano cayó sobre su hombro.

Frente a él se encontraba su primer visitante de la víspera, aquel que acompañaba al emperador. Otros cuatro hombres le flanqueaban a derecha e izquierda.

—Caray —dijo Lupin—. ¿Qué broma es esta? ¿Acaso no estoy libre?

—Sí, sí —gruñó el alemán con voz bronca—. Usted está libre… pero solamente libre para viajar con nosotros cinco… sí así le place.

Lupin le contempló unos instantes, sintiendo unos vehementes deseos de enseñarle el valor contundente de un puñetazo en la nariz.

Pero los cinco hombres parecían completamente resueltos a todo. Su jefe no mostraba hacia Lupin la mínima ternura, y Lupin pensó que aquel hombrón se sentiría muy feliz de emplear con él medidas extremas. Y después de todo, ¿qué le importaba?

Dijo en broma:

—¿Que si eso me agrada? Si ese era precisamente mi sueño.

En el patio esperaba una potente limusina. Dos hombres subieron en la delantera y otros dos se acomodaron en el interior. Lupin y el extranjero se instalaron en el asiento del fondo.

—En marcha —gritó Lupin en alemán—. En marcha, camino de Veldenz.

El conde le dijo:

—Silencio. Estas gentes no deben enterarse de nada. Hable francés. No comprenderán… Y, además, ¿para qué hablar?

—Sí, en realidad —dijo Lupin—, ¿para qué hablar?

Durante toda la tarde y toda la noche, el vehículo circuló sin que surgiera ningún incidente. Por dos veces cargaron gasolina en dos pequeñas ciudades dormidas.

Alternativamente, los alemanes vigilaban a su prisionero, el cual solamente abrió los ojos al amanecer…

Se detuvieron para desayunar en un albergue situado sobre una colina, cerca de la cual había un poste indicador. Lupin comprobó que se hallaban a media distancia de Metz y de Luxemburgo. Allí tomaron una carretera que doblaba hacia el nordeste, por el lado de Tréves.

Lupin le dijo a su compañero de viaje:

—¿Es, en efecto, el conde Waldemar con quien tengo el honor de hablar… el confidente del emperador… el que registró la casa de Hermann III en Dresde?

El extranjero permaneció mudo.

«Tú, amiguito mío —pensó Lupin—, tienes una cabeza que no me agrada. Ya te la arrancaré un día u otro. Eres feo, gordo y macizo; en una palabra, me desagradas.»

Y luego añadió en voz alta:

—El señor conde comete un error en no responderme. Si hablaba, lo hacía en interés de usted; he visto en el momento que subíamos por la carretera un automóvil que desembocaba detrás de nosotros en el horizonte. ¿Lo vio usted?

—No, ¿por qué?

—Por nada.

—Sin embargo…

—No, nada en absoluto… Una sencilla observación…

Por lo demás, le llevamos diez minutos de ventaja… y nuestro coche tiene, por lo menos, una potencia de cuarenta caballos.

—Sesenta caballos —dijo el alemán, que observaba a Lupin con inquietud por el rabillo del ojo.

—¡Oh!, entonces podemos estar tranquilos.

Escalaron una pequeña cuesta. Al llegar a la cima, el conde se inclinó hacia la ventanilla de la puerta.

—¡Maldita sea! —juró.

—¿Qué? —interrogó Lupin.

El conde se volvió hacia él, y con voz amenazadora le dijo.

—Tenga cuidado…; si ocurre alguna cosa, tanto peor.

—¡Eh, eh!, parece que el otro se aproxima… Pero ¿qué teme usted, mi querido conde? Sin duda se trata de cualquier viajero… quizá incluso de una ayuda que le envían a usted.

—Yo no necesito ayuda —gruñó el alemán.

Volvió a inclinarse hacia la ventanilla. El automóvil que los perseguía no estaba ya a más de doscientos o trescientos metros.

Señaló a Lupin y les dijo a sus hombres:

—Atadle, y si se resiste…

Sacó su revólver.

—¿Por qué habría yo de resistirme, simpático teutón? —dijo Lupin con sarcasmo.

Y luego, mientras le ataban las manos, agregó:

—Resulta verdaderamente curioso ver cómo la gente toma precauciones cuando estas son inútiles, y no las toman en cambio cuando sería preciso adoptarlas. ¿Qué diablos puede hacerles ese automóvil? ¿Pueden ser, acaso, cómplices míos? Vaya una idea.

Sin responder, el alemán dio órdenes al chófer.

—A la derecha… Disminuya la velocidad… Déjelos pasar… Y si ellos también disminuyen la marcha, pare.

No obstante, con gran sorpresa suya, el otro automóvil,

por el contrario, pareció doblar su velocidad. Pasó como una tromba, adelantando al coche de los alemanes y levantando una nube de polvo.

En pie, en la parte posterior del coche, que estaba en parte al descubierto, podía verse la figura de un hombre vestido de negro.

Aquel hombre levantó un brazo en alto.

Sonaron dos disparos.

El conde, cuyo cuerpo tapaba toda la parte de la puerta de la derecha, se desplomó en su asiento.

Antes incluso de ocuparse de él, los dos compañeros saltaron sobre Lupin y acabaron de atarlo.

—Idiotas, estúpidos —gritó Lupin, temblando de rabia—. En vez de eso dejadme libre. Vaya, se están deteniendo. Pero, incorregibles idiotas, corred tras ellos… alcanzadlos… es el hombre de negro… el asesino… ¡ah, qué imbéciles!…

Le amordazaron. Luego se ocuparon de atender al conde. La herida no parecía grave y se la vendaron rápidamente. Sin embargo el herido fue presa de una gran excitación, sufrió un ataque de fiebre y empezó a delirar.

Eran las ocho de la mañana.

Se encontraban en pleno campo, lejos de toda población. Los hombres del coche no tenían indicación alguna sobre el objeto exacto del viaje.

¿Adónde irían, pues? ¿A quién deberían avisar?

Detuvieron el coche en la orilla de un bosque y se pusieron a esperar.

Así transcurrió todo el día. Fue a la caída de la tarde cuando llegó un pelotón de caballería enviado desde Tréves en busca del automóvil.

Dos horas después, Lupin bajaba del coche y, siempre escoltado por los dos alemanes, subía, alumbrado por la luz de una linterna, los peldaños de una escalera que conducía a una pequeña estancia cuyas ventanas tenían barrotes de hierro.

Allí pasó la noche.

Al día siguiente por la mañana, un oficial le condujo, cruzando un patio lleno de soldados, hasta el centro de una larga serie de edificios que se levantaban en círculo al pie de una colina donde se distinguían unas ruinas monumentales.

Lupin fue introducido en un amplio salón amueblado en forma discreta. Sentado ante una mesa escritorio, su visitante de dos días antes leía periódicos e informes, sobre los cuales marcaba gruesos trazos con un lápiz rojo.

—Que nos dejen a solas —ordenó al oficial.

Y acercándose a Lupin, añadió:

—Los papeles.

El tono ya no era el mismo de la visita anterior. Era ahora un tono imperioso y seco de amo y señor que está en su casa y que se dirige a un inferior... ¡Y qué inferior! Un estafador, un aventurero de la peor especie, ante el cual se había visto obligado a humillarse.

—Los papeles —repitió.

Lupin permaneció impasible. Con calma replicó:

—Se encuentran en el castillo de Veldenz.

—Nos encontramos en los terrenos del castillo de Veldenz.

—Los papeles se encuentran entre esas ruinas.

—Vamos allá. Guíeme.

Lupin no se movió.

—¿Qué?

—Pues, señor, que eso no es tan simple como usted cree. Es preciso algún tiempo para poner en juego los elementos necesarios al objeto de encontrar y abrir el escondrijo.

—¿Cuántas horas necesita usted?

—Veinticuatro.

Un gesto de cólera apareció en el rostro del alemán, pero lo reprimió rápidamente.

—¡Ah!, pero de eso no habíamos hablado.

—No se precisó nada, señor… Ni sobre eso ni tampoco sobre el viajecito que su majestad me obligó a hacer entre seis guardias de Corps. Yo debo entregar los papeles y eso es todo.

—Y yo no debo dejarle a usted en libertad, sino a cambio de la entrega de esos papeles.

—Es una cuestión de confianza, señor. Yo me hubiera creído igualmente comprometido a entregar esos papeles, si me hubieran dejado en libertad al salir de la prisión, y su majestad puede estar seguro que no me los hubiera llevado bajo el brazo. La única diferencia es que esos papeles estarían ya en vuestro poder, señor. Porque hemos perdido un día. Y un día en este asunto… es un día de más… Solamente lo que hace falta es tener confianza.

El emperador miraba con cierto estupor a aquel hombre al margen de la sociedad, aquel bandido que parecía sentirse vejado porque se desconfiase de su palabra.

El emperador, sin responder, llamó a un timbre.

—Que venga el oficial de servicio —ordenó.

Apareció el conde Waldemar, muy pálido.

—¡Ah!, ¿eres tú, Waldemar? ¿Ya estás mejor?

—A sus órdenes, señor.

—Toma contigo cinco hombres… los mismos, puesto que confías en ellos. Y no pierdas de vista a este… señor, hasta mañana por la mañana.

Consultó su reloj.

—Hasta mañana por la mañana a las diez… No, le concedo hasta el mediodía. Tú irás a donde él quiera y harás lo que él te diga que hagas. En suma, estás a su disposición. Al mediodía me reuniré contigo. Si al dar la última campanada del mediodía no me ha entregado el paquete de cartas, volverás a subirlo en el automóvil y, sin perder un instante, volverás a llevarlo directamente a la prisión de la Santé.

—¿Y si intenta evadirse?

—Entonces, arréglatelas.

Salió.

Lupin tomó un cigarro de encima de la mesa y se dejó caer sobre una butaca.

—¡Qué felicidad! Me gusta mucho más esta forma de proceder. Es franca y categórica.

El conde había hecho entrar a sus hombres, y le dijo a Lupin:

—En marcha.

Lupin encendió el cigarro, pero no se movió.

—Átenle las manos —ordenó el conde.

Una vez que esa orden fue ejecutada, repitió:

—Vamos… en marcha.

—No.

—¿Cómo no?

Estoy reflexionando.

—¿Sobre qué?

—Sobre el lugar donde puede encontrarse ese escondrijo.

El conde experimentó un sobresalto.

—¿Cómo! ¿Usted lo ignora?

—¡Diablos! —respondió Lupin—. Eso es lo que hay de más bello en esa aventura: el que no tengo ni la más ligera idea sobre ese famoso escondrijo, ni sobre los medios de descubrirlo. Bueno, ¿qué me dice usted, mi querido Waldemar? Es gracioso, ¿verdad?… Ni la más ligera idea.

5

Las cartas del emperador

I

*L*as ruinas de Veldenz, harto conocidas de todos aquellos que visitan las orillas del Rin y del Mosela, comprenden los vestigios del antiguo castillo feudal, construido en 1277 por el arzobispo de Fistingen, y, cerca de un enorme torreón descentrado por las tropas de Turena, los muros intactos de un vasto palacio del Renacimiento, donde los grandes duque de Deux-Ponts habitaban desde hacía tres siglos.

Fue este palacio el que saquearon los sujetos sublevados de Hermann II. Las ventanas vacías constituyen doscientos agujeros asomándose desde las cuatro fachadas. Todo el artesonado, las tapicerías y la mayor parte de los muebles fueron quemados. Se camina sobre las vigas calcinadas de los pisos y de cuando en cuando puede divisarse el cielo a través de los techos destruidos.

Al cabo de dos horas, Lupin, seguido de su escolta, lo había recorrido todo.

—Estoy muy satisfecho de usted, mi querido conde. Creo que jamás he tenido un cicerone tan documentado, y, lo que es más raro aún, tan taciturno. Ahora, si usted quiere, podemos ir a desayunar.

En el fondo, Lupin no sabía ahora más que en el primer momento, y su desconcierto no hacía más que aumentar. Para lograr salir de la prisión y para impresionar la imaginación de su visitante, había afectado que lo sabía todo, pero, en realidad, aún tenía que buscar por dónde comenzaría su investigación.

«Esto va mal —se decía a veces—. No puede ir peor.»

Por otra parte, no gozaba de su lucidez habitual. Estaba obsesionado con una idea: la del desconocido, del asesino, del monstruo que él sabía se encontraba siguiéndole.

¿Cómo era posible que aquel misterioso personaje le siguiera así los pasos? ¿Cómo había logrado enterarse de su salida de la cárcel y del camino que recorrerían en dirección a Luxemburgo y Alemania? ¿Sería por una milagrosa intuición? ¿O era, acaso, el resultado de unos informes precisos? Pero, entonces, ¿a qué precio y en virtud de qué promesas o de qué amenazas lograba obtenerlos?

Todas esas preguntas eran como fantasmas que atemorizaban el espíritu de Lupin.

Sin embargo, hacia las cuatro de la tarde, después de un nuevo paseo entre las ruinas, en el curso del cual Lupin había examinado inútilmente las piedras, medido el espesor de las murallas y analizado la forma y la apariencia de las cosas, le preguntó al conde:

—¿No ha quedado ningún servidor del último gran duque que haya habitado el castillo?

—Todos los criados de esa época se han marchado. Solo uno continuó viviendo en esta región.

—¿Entonces?

—Murió hace dos años.

—¿No ha dejado hijos?

—Tenía un hijo que se casó y que fue despedido, lo mismo que su esposa, por observar una conducta escandalosa. Dejaron aquí al más joven de sus hijos, una niña llamada Isilda.

—¿Y dónde vive?

—Vive aquí, al extremo de estos terrenos. El viejo abuelo servía de guía a los visitantes en la época en que estaba permitido visitar el castillo. Desde entonces, la pequeña Isilda ha vivido siempre en estas ruinas, cosa que se le permite por lástima; es un pobre ser inocente que apenas si sabe hablar y que no sabe lo que dice.

—¿Y ha sido siempre así esa muchacha?

—Al parecer, no. Fue aproximadamente a la edad de diez años cuando empezó a perder la razón poco a poco.

—¿A consecuencia de alguna pena, de algún susto?

—No, fue sin motivo alguno, según me han dicho. El padre era un alcohólico, y la madre se suicidó en un ataque de locura.

Lupin reflexionó, y luego dijo:

—Quisiera verla.

El conde sonrió en forma bastante extraña.

—Ciertamente puede usted verla.

Isilda se encontraba precisamente en una de las habitaciones que le habían dejado.

Lupin quedó sorprendido al encontrarse con una agradable criatura, demasiado delgada, demasiado pálida, pero casi hermosa con sus cabellos rubios y su rostro delicado. Sus ojos, de un verde color aguamarina, tenían una expresión vaga, soñadora… los ojos de una ciega.

Lupin le hizo algunas preguntas, a las que Isilda no respondió, y otras a las que respondió con palabras incoherentes, cual si no comprendiera ni el sentido de las mismas ni el de las palabras que ella misma pronunciaba.

Lupin insistió, tomándole la mano con dulzura y preguntándole con voz afectuosa respecto a la época en que ella gozaba de su juicio, interrogándola sobre su abuelo, sobre los recuerdos que podían evocar en ella sus tiempos de la infancia cuando andaba libre entre las majestuosas ruinas del castillo.

La muchacha callaba, con sus ojos fijos, impasible, quizá emocionada, pero sin que su emoción lograse despertar su inteligencia dormida.

Lupin pidió un lápiz y un papel. Con el lápiz escribió sobre la hoja blanca: «813».

El conde volvió a sonreír.

—¡Ah, eso le hace a usted reír! —exclamó Lupin, molesto.

—Nada... nada... eso me interesa... eso me interesa mucho...

La muchacha miró a la hoja que Lupin le tendía delante de sus ojos y volvió la cabeza con aire distraído.

—Esto no da resultado —dijo el conde con ironía. Lupin escribió las letras de la palabra «Apoon».

Pero Isilda no prestó mayor atención.

Lupin no renunció a continuar la prueba, y trazó varias veces seguidas las mismas letras, aunque dejando cada vez entre ellas espacios variables. Pero, cada vez también, espiaba el rostro de la joven.

Isilda permanecía inmóvil, con los ojos fijos en el papel y mostrando una indiferencia que nada parecía alterar.

De pronto, la muchacha tomó el lápiz, arrancó la última hoja de las manos de Lupin, y, cual si se sintiera bajo los efectos de una inspiración súbita, escribió dos eles en medio de un espacio dejado en blanco por Lupin.

Este se estremeció.

Se había formulado una nueva palabra: «Apollon».

Sin embargo, la muchacha no había soltado el lápiz ni la hoja, y, con los dedos crispados y las facciones tensas, se esforzaba por obligar a su mano a obedecer a la orden titubeante de su pobre cerebro.

Lupin esperaba febrilmente.

La muchacha trazó con rapidez, cono alucinada, una nueva palabra: «Diane».

—Otra palabra… otra palabra… —exclamó Lupin con vehemencia.

Isilda enroscó sus dedos en torno al lápiz, rompió la mina y con la punta de esta dibujó una «J» grande y soltó el lápiz, como agotada.

—¡Otra palabra! ¡Yo lo quiero así!… —le ordenó Lupin, agarrándola fuertemente del brazo.

Pero al mirar a los ojos de la joven vio reflejada en ellos de nuevo la indiferencia, como si aquel fugitivo resplandor de sensibilidad ya no pudiese brillar más.

—Vámonos —dijo Lupin.

Y se alejaba, cuando ella echó a correr y le cerró el camino. Él se detuvo, y le preguntó:

—¿Qué quieres?

Ella le tendió la mano abierta.

—¿Qué, dinero? ¿Acaso tiene la costumbre de mendigar? —dijo Lupin, dirigiéndose al conde.

—No —replicó el conde—, y no me explico esto en absoluto…

Isilda sacó de su bolsillo dos monedas de oro que hizo sonar chocando una contra otra alegremente.

Lupin las examinó.

Eran monedas francesas, completamente nuevas, acuñadas en aquel mismo año.

—¿Dónde encontraste esto? —exclamó Lupin con agitación—. Monedas Francesas. ¿Quién te las dio?… ¿Y cuándo?… ¿Fue hoy? Habla… Responde…

Luego, Lupin se encogió de hombros, y dijo:

—¡Qué imbécil soy! Como si ella pudiera responderme… Querido conde, haga el favor de prestarme cuarenta marcos… Gracias… Toma, Isilda, son para ti…

La muchacha tomó las dos monedas, las hizo sonar con las otras dos en el cuenco de su mano, y luego, extendiendo el brazo, señaló hacia las ruinas del palacio, con un ademán que parecía designar especialmente el ala izquierda y la cima de esa ala.

¿Se trataba de un movimiento maquinal, o bien era preciso considerar el ademán como una muestra de agradecimiento por las dos monedas de oro?

Lupin observó al conde. Este no cesaba de sonreír.

«¿Por qué se reirá este bruto? —se dijo Lupin—. Es como para creer que se está burlando de mí.»

A la buena de Dios se dirigió hacia el palacio, seguido de su escolta.

La planta baja se componía de varias enormes salas de recepción que se comunicaban unas con otras y en las que se hallaban reunidos los pocos muebles que habían escapado al incendio.

En el primer piso, por el lado norte, había una larga galería a la cual daban doce preciosas salas exactamente iguales.

Esa misma galería volvía a repetirse en el segundo piso, pero con veinticuatro habitaciones, también semejantes unas a otras. Todo estaba vacío, descuidado y con un aspecto lamentable.

En lo alto no había nada. Las buhardillas habían sido destruidas por el incendio.

Durante una hora, Lupin caminó, corrió infatigable de un lado a otro, con la mirada alerta.

Al caer la noche, corrió hacia una de las doce salas del primer piso, como si la hubiera escogido por razones particulares que solo él sabía.

Quedó muy sorprendido al encontrar allí al emperador, el cual estaba fumando, sentado en una butaca que había ordenado le trajeran.

Sin preocuparse de su presencia, Lupin comenzó a inspeccionar la sala conforme a los procedimientos que acostumbraba emplear en casos análogos, dividiendo la estancia en secciones y examinando estas una a una.

Al cabo de veinte minutos, dijo:

—Me permito pedirle, señor, que tenga la bondad de levantarse. Aquí hay una chimenea…

El emperador inclinó la cabeza.

—¿Es en realidad necesario que me levante?

—Sí, señor, esta chimenea…

—Esta chimenea es como todas las demás, y esta sala no se diferencia en nada de las salas vecinas.

Lupin miró al emperador sin comprender. Este se levantó, y riendo dijo:

—Creo, señor Lupin, que usted se ha burlado un poco de mí.

—¿En qué, señor?

—¡Oh, Dios santo! No se trata de gran cosa. Usted ha obtenido la libertad bajo la condición de entregarme unos documentos que me interesan, y resulta que no tiene la menor idea del lugar dónde se encuentran. Entonces, como dicen ustedes los franceses, usted me ha enrollado… engañado.

—¿Cree usted, señor?

—Claro, porque aquello que se sabe no se busca, y he aquí que hace diez largas horas que usted busca. ¿No cree que un regreso inmediato a la prisión es lo que procede?

Lupin pareció estupefacto, y dijo:

—¿Acaso su majestad no ha fijado el mediodía de mañana como límite?

—¿Para qué esperar?

—¿Para qué? Para permitirme acabar mi obra.

—¿Su obra? Pero ni siquiera ha comenzado, señor Lupin.

—En eso, su majestad se equivoca.

—Demuéstremelo… Esperaré hasta mañana al mediodía.

Lupin reflexionó y dijo gravemente:

—Puesto que su majestad tiene necesidad de pruebas para confiar en mí, helas aquí. Las doce salas que dan a esta galería tienen cada una un nombre diferente, cuya inicial está marcada en la respectiva puerta. Una de esas inscripciones que está menos borrada por efecto de las llamas, me llamó la atención cuando yo atravesaba la galería. Entonces examiné las otras puertas y descubrí otras tantas iniciales, que apenas podían distinguirse, grabadas todas también en la galería por encima de los frontones. Pero una de esas iniciales era una «D», primera letra de Diana. Otra era una «A», primera letra de Apollon. Y estos dos nombres son nombres de divinidades mitológicas. ¿Ofrecerán las otras iniciales el mismo carácter? Descubrí también una «J», inicial de Júpiter; una «V», inicial de Venus; una «M», inicial de Mercurio; una «S», inicial de Saturno, etcétera. Esta parte del problema estaba resuelta: cada una de las doce salas lleva el nombre de una divinidad del Olimpo, cuya combinación Apoon, completada por Isilda, designa la sala de Apollon (Apolo). Por consiguiente, es aquí, en esta sala que nos encontramos, donde se hallan ocultas las cartas. Quizá baste ahora con unos minutos para descubrirlas.

—Unos minutos… o unos años… todavía —dijo el emperador, riendo. Parecía divertirse mucho, y también el conde afectaba una gran alegría.

Lupin preguntó:

—¿Majestad, quiere explicarse?

—Señor Lupin, la apasionante investigación que usted ha realizado hoy, y de la cual nos comunica los brillantes resultados, ya la había hecho yo antes, sí, hace dos semanas, en compañía de su amigo Herlock Sholmès. Juntos, hemos interrogado a la pequeña Isilda; juntos, hemos empleado a su respecto el mismo método que usted, y también juntos hemos descubierto las iniciales de la galería y hemos llegado aquí a la sala de Apollon.

Lupin estaba lívido. Balbució:

—¡Ah! ¿Sholmès… logró llegar… hasta aquí?…

—Sí, después de cuatro días de investigaciones. Cierto es que con eso no hemos adelantado nada, pues nada hemos descubierto. No obstante, a pesar de ello, lo que yo sé es que las cartas no están aquí.

Temblando de rabia, herido en lo más hondo de su orgullo, Lupin se irritó ante aquella ironía, encabritándose como un caballo que hubiera recibido unos latigazos. Jamás se había sentido humillado a tal extremo. En su furor hubiera estrangulado al gordo Waldemar, cuya risa le exasperaba.

Luego, serenándose, dijo:

—El señor Sholmès ha necesitado cuatro días. A mí me han bastado unas horas. Y aún me hubiese llevado menos tiempo si no me hubieran puesto obstáculos en mis investigaciones.

—¿Quién se los puso, Dios santo? ¿Mi fiel conde? Espero que él no se haya atrevido…

—No, señor, no fue él, sino el más terrible y más poderoso de mis enemigos, ese ser infernal que mató a su cómplice Altenheim.

—¿Y está aquí? ¿Cree usted? —exclamó el emperador, quien dejaba traslucir que algún detalle de este dramático relato no le era desconocido.

—Está siempre allí donde yo estoy. Me amenaza con su odio constante. Fue él quien descubrió mi personalidad cuando yo fingía ser el señor Lenormand, jefe de Seguridad; es él quien me hizo arrojar en la prisión, y es él también quien me persigue ahora que he salido de ella. Ayer, creyendo alcanzarme con sus disparos en el automóvil, hirió al conde de Waldemar.

—Pero ¿quién le asegura a usted… qué es lo que le dice a usted que él se encuentra en Veldenz?

—Isilda recibió dos monedas de oro, dos monedas francesas.

—¿Y qué vendría a hacer aquí? ¿Qué objeto lo traería?

—Yo no lo sé, señor, pero él es el propio espíritu del mal. Majestad, desconfíe de él. Es capaz de todo.

—Imposible, tengo doscientos hombres en esas ruinas. No ha podido entrar. Lo hubieran visto.

—Por desgracia, alguien lo ha visto.

—¿Quién?

—Isilda.

—Que la interroguen. Waldemar, conduce al prisionero ante la muchacha.

Lupin mostró sus manos atadas.

—La batalla será dura. ¿Puedo luchar así?

El emperador le dijo al conde:

—Suéltalo… y tenme al corriente…

Así pues, mediante un brusco esfuerzo y mezclando a la discusión, audazmente y sin ninguna prueba, la visión aborrecida del asesino, Arsène Lupin ganaba tiempo y volvía a tomar la dirección de las investigaciones.

«Todavía me quedan dieciséis horas —se dijo—. Es más tiempo del que necesito.»

Llegó a la estancia ocupada por Isilda, situada al extremo de aquellos terrenos, cuyos edificios servían de cuartel a los doscientos guardias de las ruinas y en las que el ala izquierda, que era precisamente esta, estaba enteramente reservada a los oficiales.

Isilda no se encontraba allí.

El conde envió a dos de sus hombres a buscarla. Regresaron. Nadie había visto a la muchacha.

Sin embargo, ella no podía haber salido del recinto de las ruinas. En cuanto al palacio del Renacimiento, estaba, por así decirlo, ocupado por la mitad de las tropas y nadie podía entrar en él.

Finalmente, la esposa de un teniente que habitaba el alojamiento vecino declaró que ella no había abandonado su ventana y que la muchacha no había salido.

—Si ella no ha salido —exclamó Waldemar—, tiene que estar ahí; y no está.

Lupin observó:

—¿Hay algún piso más arriba de este?

—Sí, pero de esta habitación a ese piso no hay escalera para subir.

—Sí, hay una escalera.

Señaló hacia una pequeña puerta situada sobre un reducto oscuro. En la sombra se percibían los primeros peldaños de una escalera, abrupta como una escala.

—Le ruego a usted, mi querido conde —dijo a Waldemar, que intentaba subir—, que me conceda a mí este honor.

—¿Por qué?

—Porque hay peligro.

Se apresuró a subir, y enseguida saltó a un desván estrecho y bajo. De su garganta escapó un grito:

—¡Oh!

—¿Qué ocurre? —preguntó el conde, apareciendo allí a su vez. Aquí… sobre el piso… Isilda…

Se arrodilló, pero inmediatamente, tras el primer examen, reconoció que la joven estaba solamente sin conocimiento y no presentaba ninguna huella de herida, salvo algunos rasguños en las muñecas y en las manos.

En la boca, formando una mordaza, había un pañuelo.

—En efecto —dijo—, el asesino estaba aquí con ella. Cuando llegamos, le dio un puñetazo y la amordazó para que no pudiéramos oír sus gemidos.

—Pero ¿por dónde ha escapado?

—Por allí… mire… hay un pasillo que pone en comunicación todas las buhardillas del primer piso.

—¿Y de allí?

—De allí bajó por la escalera de una de las viviendas.

—Pero le hubieran visto.

—¡Bah!, ¿quién sabe? Ese ser es invisible. No importa.

Envíe a sus hombres a informarse. Que registren todas las buhardillas y viviendas de la planta baja.

Dudó. ¿Iría él también en persecución del asesino?

Pero un ruido le hizo volverse hacia la joven. Esta se había incorporado y de sus manos cayeron una docena de monedas de oro. Las examinó. Todas eran francesas.

—Vamos —dijo—, no me había equivocado. Pero ¿por qué tanto oro? ¿Y en recompensa de qué?

De pronto divisó un libro caído en el suelo y se agachó para recogerlo. Pero, con un movimiento, la joven se precipitó sobre el libro, lo cogió y lo apretó contra su cuerpo con una energía salvaje, cual si estuviera dispuesta a defenderse contra todos.

—Es eso —dijo Lupin—. Las monedas de oro le fueron ofrecidas a cambio del volumen, pero ella se negó a entregarlo. Este es el origen de los rasguños que tiene en las manos. Lo interesante sería saber por qué el asesino quería apoderarse de este libro. ¿Acaso consiguió antes de ahora hojearlo?

Después le dijo a Waldemar:

—Mi querido conde, dé usted la orden, por favor…

Waldemar hizo una señal. Tres de sus hombres se arrojaron sobre la joven, y después de una dura lucha, en el curso de la cual aquella desventurada temblaba de cólera y retorcía su cuerpo lanzando gritos, le fue arrancado el volumen.

—Despacio, niña —le dijo Lupin—. Ten calma… Todo esto es en favor de una buena causa… Que la vigilen.

Se trataba de un tomo suelto de Montesquieu, con una vieja encuadernación que databa, cuando menos, de un siglo y que llevaba este título: *Viaje al templo de Cuide*. Pero apenas Lupin lo abrió exclamó:

—¡Caramba, caramba!, es extraño. En el borde interior de cada una de las páginas ha sido pegada una hoja de pergamino, y sobre esta hoja y sobre todas las demás hay líneas de escritura muy apretada y fina.

En el comienzo leyó:

—«Diario del caballero Gilles de Malréche, criado francés de su alteza real el principio de Deux-Ponts-Veldenz, comenzado el año de gracia de mil setecientos noventa y cuatro».

—¿Cómo puede ser eso? —dijo el conde.

—¿Qué es lo que le sorprende?

—El abuelo de Isilda, el viejo que murió hace dos años, se llamaba Malreich, es decir, era el mismo nombre de Malréche, pero germanizado.

—¡Maravilloso! El abuelo de Isilda debía ser el hijo o el nieto del criado francés que escribía su diario en un tomo suelto de Montesquieu. Y es así cono este diario pasó a las manos de Isilda.

Hojeó el volumen al azar:

—«Quince de septiembre de mil setecientos noventa y seis: su alteza ha cazado». «Veinte de septiembre de mil setecientos noventa y seis: su alteza ha salido a caballo. Montaba el caballo *Cupidon*.» ¡Caray! —murmuró Lupin—, hasta aquí esto no tiene nada de emocionante

Hojeó más adelante:

—«Doce de marzo de mil ochocientos tres: Le he hecho enviar dinero a Hermann. Está de cocinero en Londres».

Lupin se echó a reír, y comentó:

—¡Oh, oh, Hermann esta destronado! Ya no hay respeto para él.

—El gran duque reinante —observó Waldemar— fue, en efecto, expulsado de su Estado por las tropas francesas.

Lupin continuó:

—«Mil ochocientos nueve: hoy, martes, Napoleón ha dormido en Veldenz. Fui yo quien hizo la cama de su majestad y quien, a la mañana siguiente, vació las aguas que utilizo en su aseo».

—Sí, sí, fue al reunirse a su ejército, cuando la campaña

de Austria, que habría de culminar en Wagran. Es un honor del que la familia ducal, más tarde, se sentía muy orgullosa.

Lupin prosiguió:

—«Veintiocho de octubre de mil ochocientos catorce: su alteza real ha regresado a sus dominios». «Veintinueve de octubre: Esta noche he llevado a su alteza hasta el escondrijo y tuve la felicidad de demostrarle que nadie había adivinado su existencia. Por lo demás, como era posible creer que un escondrijo podía practicarse en un...»

Lupin se detuvo bruscamente... Lanzó un grito... Isilda se había escapado de los hombres que la guardaban, se había arrojado sobre él; huido luego, llevándose el libro.

—¡Ah, que pícara! Corran... den la vuelta por abajo, para salirle al paso. Yo la perseguiré por el pasillo.

Pero la joven había cerrado la puerta detrás de ella y corrido el cerrojo. Lupin tuvo que volver a bajar y bordear los terrenos exteriores, lo mismo que tuvieron que hacer los otros, en busca de una escalera que le llevara al primer piso.

Solo estaba abierto el cuarto de alojamiento y por él pudo subir. Pero el pasillo estaba vacío y necesitó llamar en las puertas, forzar las cerraduras e introducirse en habitaciones desocupadas, mientras Waldemar, con el mismo ardor que él en la persecución, punzaba los cortinajes y las colgaduras con la punta de su espada.

Se escucharon llamadas que procedían de la planta baja, por el lado del ala derecha. Corrieron presurosos allí. Era una de las mujeres de los oficiales, la cual les hacía señas al extremo del pasillo, y luego les comunicó que la joven se encontraba en casa de ella.

—¿Cómo lo sabe usted? —preguntó Lupin.

—Porque intenté entrar en mi cuarto. La puerta estaba cerrada y oí ruido dentro.

Lupin, en efecto, trató de abrir la puerta, pero no lo logró.

—Por la ventana —gritó—. Debe de haber una ventana.

Le guiaron al exterior e, inmediatamente, tomando el sable del conde, golpeó con él los cristales y los rompió.

Luego, sostenido por dos hombres, escaló el muro, metió el brazo por un agujero de la ventana, hizo girar el pestillo y saltó dentro de la estancia.

Acurrucada delante de la chimenea, Isilda se le apareció frente a las llamas.

—¡Oh, qué miserable! —exclamó Lupin—. ¡Lo arrojó al fuego!

La empujó brutalmente, intentó recoger el libro del fuego, y se quemó las manos. Después, con ayuda de unas tenazas, lo sacó fuera del fuego y lo cubrió con un tapete de la mesa para ahogar las llamas.

Pero era ya demasiado tarde. Las páginas del viejo manuscrito estaban completamente consumidas y cayeron reducidas a cenizas.

II

Lupin miró a la joven largamente. El conde dijo:

—Cabría creer que ella sabe lo que hace.

—No, no, no lo sabe. Lo que pasa es que su abuelo ha debido de confiarle ese libro como si fuera un tesoro. Un tesoro que nadie debía contemplar, y ella, con su instinto estúpido, prefirió arrojarlo a las llamas antes que desprenderse de él.

—¿Y ahora?

—¿Y ahora qué?

—Usted no conseguirá encontrar el escondrijo.

—¡Ah, mi querido conde! ¿Acaso ha pensado usted por un momento en mi éxito como algo posible? ¿Y Lupin ya no le parece a usted ahora completamente un charlatán? Tranquilícese, Waldemar; Lupin tiene varias cuerdas en su arco. Yo triunfaré.

—¿Antes de las doce de mañana?

—Antes de las doce de la noche. Pero me estoy muriendo de hambre. Y si usted tuviera la bondad…

Le condujeron a una sala destinada a comedor de los suboficiales, y allí le fue servida una buena comida, mientras el conde iba a informar al emperador.

Veinte minutos después, Waldemar regresó. Se instalaron uno frente a otro, silenciosos y pensativos.

—Waldemar, un buen cigarro sería bienvenido… Se lo agradezco. Este restalla, cual corresponde a los habanos que se respetan.

Lupin encendió su cigarro, y, al cabo de unos minutos, dijo:

—Puede usted fumar, conde; esto no me molesta en absoluto.

Transcurrió una hora. Waldemar dormitaba, y de cuando en cuando, para despertarse, bebía una copa de coñac.

Los soldados iban y venían prestándoles servicio.

—Café —pidió Lupin.

Le trajeron café.

—¡Qué malo es! —gruñó—. Si es este el café que toma el césar… A pesar de ello, que me sirvan otra taza, Waldemar. La noche quizá resulte larga. ¡Oh, qué mal café!

Encendió otro cigarro y ya no dijo una palabra más.

Los minutos transcurrían. Lupin permanecía inmóvil y mudo.

De pronto, Waldemar se puso en pie y le dijo a Lupin con tono indignado:

—Oiga, póngase en pie.

En ese momento, Lupin silbaba en tono bajo. Continuó haciéndolo impasiblemente.

—En pie, le he ordenado.

Lupin se volvió. Su majestad acababa de entrar.

Se puso en pie.

—¿Qué hay de nuevo? —dijo el emperador.

—Yo creo, señor, que me será posible dentro de muy poco el dar satisfacción a su majestad.

—¿Cómo? ¿Acaso sabe usted…?

—¿El escondrijo? Casi, casi, señor… Faltan unos detalles más, que no logro captar… Pero, ya sobre el terreno, todo se aclarará; yo no lo dudo.

—¿Debemos permanecer aquí?

—No, señor. Ya le pediré que me acompañe solo hasta el palacio del Renacimiento. Pero aún tenemos tiempo, y si su majestad me autoriza, yo desearía ahora reflexionar sobre dos o tres puntos.

Y sin esperar respuesta, se sentó, con gran indignación de Waldemar.

Momentos después, el emperador, que se había alejado y conferenciaba con el conde, volvió a acercarse.

—Señor Lupin: ¿está usted ya dispuesto ahora?

Lupin guardó silencio. El emperador volvió a interrogarle, pero él bajó la cabeza.

—Está durmiendo, en verdad; se creería que duerme.

Furioso, Waldemar le sacudió vivamente por el hombro. Lupin cayó de su silla, se desplomó sobre el suelo, sufrió tres convulsiones y quedó inmóvil.

—¿Qué es lo que tiene? —exclamó el emperador—. Espero que no haya muerto.

Tomó una lámpara y se inclinó sobre Lupin.

—¡Qué pálido está! Parece una cara de cera… Mira, Waldemar… observa el corazón…; está vivo, ¿verdad?

—Sí, señor —dijo el conde, después de un momento—. El corazón late con toda regularidad.

—Entonces, ¿qué ocurre? No comprendo… ¿Qué ha ocurrido?

—¿Y si fuese a buscar al médico?

—Vete corriendo…

El doctor encontró a Lupin en el mismo estado, inerte e inconsciente. Mandó que le tendieran sobre una cama, le examinó detenidamente y se informó respecto a lo que el enfermo había comido.

—Entonces, ¿teme usted que se trate de un envenenamiento, doctor?

—No, señor, no hay síntomas de envenenamiento. Pero supongo… ¿Qué es lo que contenía esa taza que está en la bandeja?

—Café —dijo el conde.

—¿Para usted?

—No, para él. Yo no lo tomé.

El doctor se sirvió de aquel café, lo probó y dijo:

—No me equivocaba; el paciente ha sido dormido con ayuda de un narcótico.

—Pero ¿quién lo hizo? —exclamó el emperador, irritado—. Waldemar, resulta exasperante lo que está ocurriendo aquí.

—Señor…

—Sí. Ya estoy cansado… Empiezo a creer verdaderamente que este hombre tiene razón y que anda un extraño en este castillo… Esas monedas de oro, ese narcótico…

—Si alguien hubiera penetrado en este recinto, se le descubriría, señor… Hace tres horas que se está registrando por todas partes.

—Sin embargo, no fui yo quien preparó el café, lo aseguro… a menos que no seas tú…

—¡Oh, señor!

—Pues bien: busca… investiga… tienes doscientos hombres a tu disposición, y la zona no es tan grande. Porque, al fin, el bandido ronda por aquí en torno a los edificios… del lado de la cocina… o qué sé yo. Venga, muévete.

Durante toda la noche, el gordo Waldemar se movió a conciencia, pues se trataba de una orden de su jefe, pero lo hizo sin convicción, ya que para él resultaba imposible que ningún extraño lograra ocultarse entre las ruinas que estaban tan bien vigiladas. Y, de hecho, los acontecimientos le dieron la razón: las investigaciones resultaron inútiles y no se logró descubrir la mano misteriosa que había preparado el brebaje soporífico.

Esa noche, Lupin la pasó en la cama inconsciente. Por la mañana, el médico, que no se había separado de él, le respondió a un enviado del emperador que el paciente continuaba durmiendo.

A las nueve de la mañana, sin embargo, Lupin hizo un primer ademán, una especie de esfuerzo por despertarse.

Un poco más tarde balbució:

—¿Qué hora es?

—Las nueve y treinta y cinco.

Realizó un nuevo esfuerzo y dio la sensación de que, a pesar de su aletargamiento, todo su ser se ponía en tensión para volver a la vida.

Un reloj de péndulo dio diez campanadas.

Lupin se estremeció, y dijo:

—Que me lleven… que me lleven al palacio.

Con la aprobación del médico, Waldemar llamó a sus hombres e hizo avisar al emperador.

Lupin fue colocado sobre unas parihuelas, y todos se pusieron en marcha hacia el palacio.

—Al primer piso —murmuró Lupin.

Le subieron.

—Al extremo del pasillo —dijo—. A la última sala a la izquierda.

Le llevaron a la última sala, que era la que hacía el número doce, y le dieron una silla, sobre la cual se sentó, agotado.

Llegó el emperador. Lupin no se movió, conservando un aspecto de inconsciencia y con la mirada ausente.

Luego, transcurridos unos minutos, pareció despertarse, miró entorno, a los muros, al techo y a las personas presentes, y dijo:

—Fue un narcótico, ¿no es así?

—Sí —le contestó el doctor.

—¿Encontraron… al hombre?

—No.

Pareció meditar y varias veces inclinó la cabeza con aire pensativo, pero se dieron cuenta de que estaba durmiendo de nuevo.

El emperador se acercó a Waldemar, y le dijo:

—Da las órdenes necesarias para que traigan tu automóvil.

—¡Ah!… pero, entonces, ¿señor?…

—Sí, empiezo a creer que se está burlando de nosotros y que todo eso no es más que una comedia para ganar tiempo.

—Quizá… en efecto… —dijo aprobatoriamente Waldemar.

—Evidentemente. Está explotando ciertas extrañas coincidencias, pero él no sabe nada, y su historia sobre las monedas de oro y el narcótico son puras invenciones. Si continuamos prestándonos a ese pequeño juego, se nos va a escapar de las manos. Tu automóvil, Waldemar.

El conde dio las órdenes y regresó. Lupin no se había despertado.

El emperador, que inspeccionaba las salas, le dijo a Waldemar:

—Esta es la sala de Minerva, ¿no es así?

—Sí, señor.

—Pero, entonces, ¿por qué figura esa «N» en dos lugares?

En efecto, había dos enes, una encima de la chimenea y otra encima de un antiguo reloj, incrustado en la pared medio demolida, y del cual se veía el complicado mecanismo, así como los pesos inertes colgando al extremo de sus cuerdas.

—Esas dos enes… —dijo Waldemar.

El emperador no escuchó la respuesta. Lupin se había movido nuevamente, abrió los ojos y articuló unas palabras ininteligibles. Se levantó, caminó a lo ancho de la estancia y luego volvió a caer en su asiento, extenuado.

Se produjo entonces la lucha… una lucha encarnizada de su cerebro, de sus nervios, de su voluntad, contra aquel terrible estado de somnolencia que le paralizaba… la lucha de un moribundo contra la muerte, de la vida contra la nada.

Constituía un espectáculo infinitamente angustioso.

—Está sufriendo —murmuró Waldemar.

—O, cuando menos, finge el sufrimiento —declaró el emperador—, y lo finge maravillosamente. ¡Qué cómico!

Lupin balbució:

—Doctor, póngame una inyección… una inyección de cafeína… inmediatamente.

—¿Lo permite usted, señor? —preguntó el médico al emperador.

—Ciertamente… hasta el mediodía, que hagan todo lo que él quiera; debe hacerse. Tiene mi promesa.

—Cuántos minutos faltan… ¿de aquí a mediodía? —preguntó Lupin.

—Cuarenta —le dijeron.

—¿Cuarenta?… Yo lo lograré… es seguro que lo lograré… es preciso.

Se cogió la cabeza entre las manos.

—¡Ah!, si yo contara con mi cerebro, el verdadero, mi cerebro que piensa… entonces sería cosa de unos segundos. No hay más que un punto oscuro, pero no puedo… el pensamiento se me escapa… no logro apresarlo… es atroz…

Sus hombres se estremecían. ¿Estaba llorando?

Se le oyó que repetía.

—Ochocientos trece… ochocientos trece…

Y luego, con voz más baja:

—Ochocientos trece… un ocho… un uno… un tres…; sí, evidentemente… pero ¿por qué?… eso no basta…

El emperador murmuró:

—Me impresiona. Me cuesta trabajo creer que un hombre pueda fingir de tal manera…

La media… tres cuartos…

Lupin permanecía inmóvil, con sus puños pegados a las sienes.

El emperador esperaba con los ojos fijos sobre un reloj que sostenía Waldemar.

—Todavía diez minutos… todavía cinco…

—Sí, señor.

—Waldemar, ¿está ahí el coche? ¿Tus hombres están dispuestos?

—Sí, señor.

—¿Tu cronómetro tiene campanilla?

—Sí, señor.

—Cuando suene la última campanada del mediodía, entonces…

—Sin embargo…

—Cuando suene la última campanada del mediodía, Waldemar.

En verdad, la escena tenía algo de trágica… tenía aquella especie de grandeza y de solemnidad que adquieren las horas al acercarse a un posible milagro. Parece tal como si la propia voz del destino fuese a manifestarse.

El emperador no ocultaba su angustia. Aquel extraño aventurero que se llamaba Arsène Lupin y cuya vida prodigiosa él conocía… aquel hombre le turbaba… y aun cuando se sintiera resuelto a poner fin a toda aquella historia equívoca, no podía impedirse el esperar… esperar.

Todavía dos minutos… todavía un minuto. Luego ya se contó por segundos.

Lupin parecía dormido.

—Vamos, prepárate —dijo entonces el emperador al conde. Este avanzó hacia Lupin y le puso una mano sobre un hombro.

La campanita de argentino tono del cronómetro vibró… una, dos, tres, cuatro, cinco…

—Waldemar, saca los pesos del viejo reloj.

Hubo un momento de estupor. Era Lupin quien había hablado con voz tranquila.

Waldemar se encogió de hombros, indignado de que Lupin lo tutease.

—Obedece, Waldemar —ordenó el emperador.

—Sí, obedece, mi querido conde —insistió Lupin, que volvía a recobrar su ironía—. El secreto está en esas cuerdas, y no tiene más que tirar de ellas… alternativamente… una, dos… ¡magnífico!… Así era cómo se le daba cuerda antiguamente.

En efecto, el péndulo fue puesto en movimiento y se escuchó el tictac regular.

—Y ahora, las agujas —dijo Lupin—. Ponlas un poco antes del mediodía… no te muevas… déjame hacer…

Se levantó y se dirigió hacia el cuadrante, que se encontraba apenas a un paso de distancia, con los ojos fijos, con todo su ser puesto en atención.

Sonaron las doce campanadas… doce golpes pesados, profundos.

Luego se produjo un largo silencio. Nada ocurría. Sin embargo, el emperador esperaba, cual si estuviera seguro de que algo iba a ocurrir. Y Waldemar se mantenía inmóvil, con la vista extraviada.

Lupin, que se había inclinado sobre el cuadrante, se irguió, y murmuró:

—Perfecto… ya está…

Se volvió hacia su silla y ordenó:

—Waldemar, vuelve a poner las agujas en las doce menos dos minutos. Pero no, amigo mío, no las muevas marcha atrás, sino hacia delante…; sí, eso tardará más… pero qué quieres…

Sonaron todas las horas y todas las medias horas hasta la media de las once.

—Escucha, Waldemar —dijo Lupin.

Y habló gravemente, sin burla, como si él mismo se sintiera emocionado y ansioso:

—Escucha, Waldemar. ¿Ves sobre el cuadrante un pequeño punto redondo que marca la primera hora? Ese punto se mueve, ¿no es así? Pon encima el índice de la mano izquierda y aprieta. Muy bien. Haz lo mismo con el pulgar sobre la punta que marca la tercera hora. Bien… Ahora, con tu mano derecha, aprieta la punta de la hora ocho. Bien. Te doy las gracias. Ve a sentarte, querido amigo.

Hubo un instante de silencio, y luego la aguja grande se desplazó y afloró la punta correspondiente a la hora doce… Volvió a sonar el mediodía.

Lupin se calló. Estaba muy pálido. En el silencio sonaron una a una las doce campanadas.

Al dar la última se produjo un chasquido.

El reloj se detuvo instantáneamente y el péndulo quedó inmóvil.

Y, de pronto, el adorno de bronce que dominaba el cuadrante y que representaba una cabeza de carnero, cayó, dejando al descubierto una especie de pequeño nicho tallado en la piedra.

En ese nicho había una cajita de plata ornada de cinceladuras.

—¡Ah! —exclamó el emperador—. Usted tenía razón.

—¿Lo dudaba usted, señor? —dijo Lupin.

Tomó la cajita y se la presentó al emperador.

—Majestad, haga el favor de abrirla. Las cartas que vuestra majestad me dio la misión de buscar están aquí.

El emperador levantó la tapa y pareció muy sorprendido…

La cajita estaba vacía

III

¡La cajita estaba vacía!

Fue un golpe teatral, extraordinario, imprevisto. Después del éxito de los cálculos efectuados por Lupin, después del descubrimiento tan ingenioso del secreto del reloj, el emperador, para quien el éxito final ya no era dudoso, parecía confundido.

Frente a él, Lupin, desencajado, con las mandíbulas contraídas y los ojos inyectados de sangre, rechinaba los dientes de rabia y de odio impotente. Se enjugó la frente cubierta de sudor y luego examinó vivamente la cajita, la volvió entre sus manos y tornó a examinarla como si esperase encontrar en ella un doble fondo. Finalmente, para mayor seguridad, en un acceso de furia, la aplastó apretándola con fuerza irresistible.

Eso le sirvió de alivio. Respiró ya más tranquilo.

El emperador le dijo:

—¿Quién hizo esto?

—La misma persona de siempre, señor. Aquel que persigue el mismo camino que yo y que avanza hacia el mismo objetivo. El asesino del señor Kesselbach.

—¿Cuándo?

—Esta noche. ¡Ah, señor, por qué no me dejó usted libre al salir de la prisión! Libre, y hubiera llegado aquí sin pérdida de tiempo. Hubiera llegado antes que él. Y llegando antes que él, yo le hubiera dado el oro a Isilda… Llegando antes que él, hubiera leído el diario de Malreich, el viejo criado francés.

—Entonces usted cree que fue merced a las revelaciones de ese diario…

—Sí, señor; tuvo tiempo para leerlas. Y en la sombra, no sé dónde, informado de todos nuestros movimientos, ignoro por quién, me narcotizó para deshacerse de mí esta noche.

—Pero el palacio estaba vigilado.

—Vigilado por vuestros soldados, señor. ¿Acaso eso tiene algún valor para hombres como él? Yo no dudo que, por lo demás, Waldemar haya concentrado su búsqueda en la comunidad, dejando así sin vigilancia las puertas del palacio.

—Pero ¿y el ruido del reloj… esas doce campanadas en la noche?

—Eso es un juego, señor. Es un sencillo juego el impedir que un reloj suene.

—Todo ello me parece muy inverosímil.

—Todo eso me parece en extremo claro a mí, señor. Si fuese posible registrar desde ahora los bolsillos de todos vuestros hombres, o averiguar todos los gastos que harán durante el año próximo, se descubriría que dos o tres de ellos, que en la actualidad son poseedores de algunos billetes de banco… billetes de banco franceses, bien entendido…

—¡Oh! —protesto Waldemar.

—Sí, mi querido conde, es una cuestión de precio, y el otro no mira eso. Si él lo quisiera, estoy seguro de que usted mismo…

El emperador le escuchaba manteniéndose absorto en sus reflexiones. Se paseó a derecha e izquierda por la estancia y luego hizo una señal a uno de los oficiales que se encontraban en la galería.

—Mi automóvil. Que lo dispongan pronto… vamos a salir.

Se detuvo, observó a Lupin, y, acercándose al conde, le dijo:

—Y tú también. Waldemar, en camino… Derechos a París en una sola etapa…

Lupin aguzó el oído. Oyó a Waldemar, que respondía.

—Preferiría llevar una docena de guardias más con este diablo de hombre…

—Tómalos. Y apresúrate, es preciso que llegues esta noche.

Lupin se encogió de hombros, y murmuró:

—¡Qué absurdo!

El emperador se volvió hacia Lupin y este dijo:

—Sí, señor, porque Waldemar es incapaz de custodiarme. Mi evasión es cosa seria.

Golpeó el suelo con el pie violentamente.

—Y entonces, ¿cree usted, señor, que yo voy a perder el tiempo una vez más? Si usted renuncia a la lucha, yo no renuncio. He empezado y terminaré.

El emperador objetó:

—Yo no renuncio, pero mi policía va a ponerse en marcha. Lupin rompió a reír.

—Que su majestad me disculpe, pero es tan gracioso… La policía de su majestad… Esta vale tanto como todas las policías del mundo, es decir, nada, nada en absoluto. No, señor yo no regresaré a la Santé. La prisión no me importa, sin embargo, necesito mi libertad para luchar contra ese hombre y me quedo con ella.

El emperador se impacientó.

—Ese hombre, usted ni siquiera sabe quién es.

—Lo sabré, señor. Y lo lograré saber yo solo. Y él sabe también que soy el único que puedo averiguarlo. Soy su único enemigo, soy el único que le ataca. Es a mí a quien quería alcanzar el otro día con las balas de su revólver; es a mí a quien le bastaba narcotizarme esta noche, para quedar libre y actuar a su gusto. El duelo es entre él y yo. El resto del mundo no tiene nada que ver en esto. Nadie puede ayudarme a mí, ni nadie puede ayudarle a él. Somos dos y eso es todo. Hasta ahora la suerte le ha ayudado, no obstante, a fin de cuentas, es inevitable que yo triunfe.

—¿Por qué?

—Porque yo soy el más fuerte.

—¿Y si él os mata?

—No me matará. Le arrancaré las garras y le reduciré a la impotencia, y me apoderaré de las cartas. No hay poder humano que pueda impedirme el adueñarme de ellas.

Hablaba con un tono violento de convicción y de certidumbre, que daba a las cosas que predecía la apariencia real de cosas ya realizadas.

El emperador no podía menos que experimentar un sentimiento confuso, inexplicable, en el que había una especie de admiración y mucho también de esa confianza que Lupin exigía de manera tan autoritaria. En el fondo, si dudaba, era solo por el escrúpulo de emplear a este hombre y de convertirle, por así decir, en aliado suyo. Y preocupado, no sabiendo qué partido tomar, paseaba desde la galería a las ventanas sin pronunciar palabra.

Al fin dijo:

—¿Y quién nos asegura que las cartas fueron robadas esta noche?

—El robo ha dejado la huella de la fecha, señor.

—¿Qué quiere decir con eso?

—Examine la parte interior de la pared que disimulaba el escondrijo. La fecha está inscrita con tiza blanca: medianoche del veinticuatro de agosto.

—En efecto… en efecto —murmuró el emperador, sorprendido—. ¿Cómo no lo había visto yo?

Y dejando traslucir su curiosidad, agregó:

—Es como esas dos enes pintadas sobre la muralla… no me lo explico. Esta es la sala de Minerva.

—Pero esta es también la sala donde durmió Napoleón, emperador de los franceses —manifestó Lupin.

—¿Qué sabe usted de eso?

—Preguntadle a Waldemar, señor. En cuanto a mí, cuando examiné el diario del viejo criado, me sentí como iluminado por un relámpago. Comprendí que lo mismo Sholmès que yo habíamos seguido un camino falso. «Apoon», la palabra incompleta que escribió el gran duque Hermann en su lecho de muerte, no es una contracción de la palabra «Apollon», sino de la palabra «Napoleón».

—Exacto... tiene usted razón —dijo el emperador—. Las mismas letras se encuentran en las dos palabras y siguen el mismo orden. Es evidente que el gran duque lo que quiso escribir fue «Napoleón». Pero ¿y esa cifra ochocientos trece?

—¡Ah!, ese es el punto que me cuesta más trabajo aclarar. Siempre tuve la idea de que era preciso sumar las tres cifras ocho, uno y tres, y el número doce, así obtenido, me pareció inmediatamente que se aplicaba a esta sala, que es la número doce de la galería. No obstante, eso no me bastaba. Tenía que haber otra cosa; otra cosa que mi cerebro debilitado no conseguía formular. La vista de ese reloj, de ese reloj situado exactamente en la sala de Napoleón, constituyó una revelación para mí. El número doce significaba, evidentemente, la duodécima hora. Mediodía. Medianoche. ¿No es, acaso, un instante más solemne y que se escoge más voluntariamente? Pero ¿por qué esas tres cifras ocho, uno y tres, más bien que otras que hubieran, asimismo, proporcionado el mismo total? Fue entonces cuando pensé en hacer sonar el reloj por primera vez a título de ensayo. Y fue haciéndolo sonar que comprobé que las puntas de la primera, de la tercera y de la octava hora eran móviles. Entonces obtuve tres cifras: uno, tres y ocho, que, colocadas en orden inverso, daban el número ochocientos trece.

Waldemar apretó las tres puntas. Se produjo el desprendimiento. Su majestad sabe ya el resultado… Ahí está, señor, la explicación de esa palabra misteriosa y de esas tres cifras que forman el ochocientos trece, que el gran duque escribió con su mano de agonizante y gracias a las cuales tenía la esperanza de que su hijo encontraría un día el secreto de Veldenz, y se convertiría en dueño y señor de las famosas cartas que él había ocultado.

El emperador había escuchado todo esto con atención apasionada, sorprendido cada vez más por todo cuanto observaba en aquel hombre, en materia de ingenio, clarividencia, sutileza e inteligente voluntad.

—Waldemar —llamó el emperador.

—Señor.

Pero en el momento en que iba a hablar, se escucharon exclamaciones procedentes de la galería. Waldemar salió y volvió a entrar.

—Es la loca, señor, a quien tratan de impedirle que pase.

—Que venga —exclamó Lupin vivamente—. Es preciso que venga, señor.

A un gesto del emperador, Waldemar salió a buscar a Isilda.

La entrada de la joven produjo estupor. Su rostro, siempre tan pálido, estaba cubierto de manchas negras. Sus rasgos faciales convulsionados revelaban un gran sufrimiento. Jadeaba con las manos crispadas, apoyadas contra el pecho.

—¡Oh! —exclamó Lupin con espanto.

—¿Qué ocurre? —preguntó el emperador.

—Vuestro médico, señor. Sin pérdida de tiempo.

Lupin se adelantó:

—Habla, Isilda. ¿Has visto algo? ¿Tienes algo que decir?

La joven se había detenido con la mirada menos vaga, como iluminada por el dolor. Articuló unos sonidos, pero ninguna palabra.

—Escucha —le dijo Lupin—: responde sí o no... con un movimiento de cabeza... ¿Le has visto? ¿Sabes dónde está?... Tú sabes quién es... escucha, si no respondes...

Lupin reprimió un gesto de cólera. Pero recordando de pronto lo ocurrido la víspera y que la joven parecía más bien haber conservado alguna memoria visual del tiempo en que había gozado de todo su juicio, Lupin escribió sobre la blanca pared una «L» y una «M» mayúsculas.

Ella extendió el brazo, señalando hacia las letras, y bajó la cabeza, cual si aprobase.

—¿Y después? —preguntó Lupin—. Después... escribe tú.

Sin embargo, la joven lanzó un grito horrible y se arrojó al suelo en medio de aullidos.

Después se hizo el silencio y la inmovilidad. Isilda experimentó un nuevo estremecimiento y luego ya no se movió más.

—¿Muerta? —preguntó el emperador.

—Envenenada, señor.

—¡Ah!, la infeliz... ¿Y por quién?

—Por él, señor. Sin duda, ella le conocía. Y él debió de tener miedo a sus revelaciones.

Llegó el médico. El emperador le señaló a Isilda. Luego, dirigiéndose a Waldemar, dijo:

—Que todos tus hombres se pongan en marcha... que registren la casa... mandad telegramas a las estaciones de la frontera...

Se acercó a Lupin.

—¿Cuánto tiempo necesita usted para conseguir las cartas?

—Un mes, señor.

—Bien, Waldemar os esperará aquí. Tendrá instrucciones mías y plenos poderes para concederos lo que deseéis.

—Lo que yo quiero, señor, es la libertad.

—Está usted libre.

Lupin le vio alejarse, y dijo entre dientes:

—Primero, la libertad… y luego, cuando te haya entregado tus cartas, ¡oh, majestad!, un apretón de manos… perfectamente… un apretón de manos entre un emperador y un ladrón… para demostrarte que te equivocas en mostrarte asqueado conmigo. Porque, en suma, esa es demasiada soberbia. Ahí está un señor por quien yo abandono mi alojamiento en el Palacio de la Santé, a quien yo presto servicio, y que se permite ciertos aires de… Si alguna vez yo vuelvo a echarle la mano a tal cliente…

6

Los siete bandidos

I

—¿*L*a señora puede recibirle?

Dolores Kesselbach tomó la tarjeta que le tendía la sirvienta y leyó: André Beauny.

—No, respondió. No le conozco.

—Ese señor insiste mucho, señora. Dijo que la señora espera su visita.

—¡Ah!, quizá... en efecto... pásele aquí.

Después de los acontecimientos que habían trastornado su vida y que le habían herido con ensañamiento implacable, Dolores, tras haber pasado una breve temporada en el hotel Bristol, acababa de instalarse en una tranquila casa de la calle Vignes, al fondo de Passy.

Un bello jardín se extendía por la parte posterior, encuadrado de otros jardines frondosos. Cuando unas crisis más dolorosas no la obligaban a encerrarse días enteros en su dormitorio con las ventanas herméticamente cerradas, invisible para todos, Dolores se hacía llevar bajo los árboles y permanecía allí tendida, melancólica e incapaz de reaccionar contra el triste destino.

La arena del camino crujió de nuevo, y, acompañado por

la sirvienta, apareció un hombre joven, de aspecto elegante, vestido con sencillez, al estilo un poco anticuado de ciertos pintores, con el cuello bajo y corbata flotante de puntos blancos sobre el fondo azul marino.

La sirvienta se alejó.

—¿André Beauny, no es así? —preguntó Dolores.

—Sí, señora.

—Yo no tengo el honor…

—Sí, señora. Sabiendo que yo era uno de los amigos de la señora de Ernemond, la abuela de Geneviève, usted le ha escrito a esta señora a Garches diciéndole que deseaba tener una entrevista conmigo. Heme aquí.

Dolores se irguió muy emocionada.

—¡Ah!, usted…

—Sí.

Ella balbució:

—¿Verdaderamente? ¿Es usted? No le reconocía.

—¿Acaso no reconoce al príncipe Pablo Sernine?

—No… no se parece en nada a él… ni la frente… ni los ojos… y tampoco es así como…

—Como los periódicos presentaron al detenido de la Santé —interrumpió él, sonriente—. Sin embargo, soy enteramente yo.

Se produjo un largo silencio, durante el cual parecieron uno y otra turbados y en situación embarazosa.

Finalmente, él dijo:

—¿Puedo saber la razón…?

—¿Geneviève no se la ha dicho?…

—No la he visto… pero a su abuela le pareció que usted necesitaba de mis servicios.

—Es eso… es eso…

—¿Y en qué puedo servirla?… Me siento tan feliz…

Ella dudó unos segundos, y luego murmuró:

—Tengo miedo.

—¡Miedo! —exclamó él.

—Sí —dijo ella en voz baja—. Tengo miedo de todo. Miedo de lo que ya es y de lo que será mañana, pasado mañana... miedo de la vida. He sufrido tanto... ya no puedo más.

Él la miraba con una gran compasión. El sentimiento confuso que le había empujado siempre hacia aquella mujer adquiría hoy un carácter más preciso al pedirle ella su protección. Sentía una necesidad ardiente de dedicarse a ella por entero, sin esperar ninguna recompensa.

Ella prosiguió:

—Estoy sola ahora, completamente sola, y con unos sirvientes que he tomado al azar, y tengo miedo... tengo la sensación de que algo se agita en torno a mí.

—Pero ¿con qué finalidad?

—Lo ignoro. Sin embargo, el enemigo ronda y se acerca.

—¿Le ha visto usted? ¿Ha observado usted algo?

—Sí, en la calle, estos días, dos hombres han pasado varias veces frente a la casa y se han detenido para observarla.

—¿Qué señas tienen?

—Hay uno al que vi mejor. Es alto, fuerte, completamente afeitado y vestido con una chaqueta negra y muy corta.

—Un mozo de café.

—Sí, un mayordomo. Hice que uno de mis criados le siguiera. Tomó por la calle de la Pompe y penetró en una casa de mal aspecto, cuya planta baja está ocupada por un comerciante en vinos... La primera a la izquierda que da a la calle. En suma, la otra noche...

—La otra noche, ¿qué?

—Por la ventana de mi cuarto observé una sombra en el jardín.

—¿Eso es todo?

—Sí.

Él reflexionó, y le propuso:

—¿Me permitiría usted que dos de mis hombres duerman abajo, en una de las habitaciones de la planta baja?…

—¿Dos de sus hombres?

—¡Oh!, no tema nada… son gente honrada… El viejo Charolais y su hijo… No tienen aspecto alguno de lo que son… con ellos, usted podrá estar tranquila. En cuanto a mí…

Dudó. Esperaba que ella le rogase que volviera. Pero como ella permanecía callada, él dijo:

—En cuanto a mí, es preferible que no me vean aquí… sí, es preferible… por usted. Mis hombres me tendrán al corriente de todo.

Intentó decir algo más, quedarse, sentarse allí junto a ella y consolarla. No obstante, tuvo la impresión de que ya había dicho todo cuanto tenía que decirse y que una sola palabra más, pronunciada por él, constituiría un ultraje.

Entonces la saludó en voz baja y se retiró.

Cruzó el jardín con paso vivo, con prisa por encontrarse fuera de allí y dominar su emoción. La sirvienta le esperaba en el umbral del vestíbulo. En el momento en que franqueaba la puerta de la calle, alguien llamaba al timbre. Era una joven…

Se estremeció, y dijo:

—¡Geneviève!

Ella clavó sus ojos en él con expresión de asombro, e, inmediatamente, aunque sorprendida por la extrema juventud que brillaba en aquella mirada, ella le reconoció, causándole tal turbación que se sintió desfallecer y hubo de apoyarse contra la puerta.

Él se había quitado el sombrero y la contemplaba sin atreverse a tenderle la mano. ¿Le tendería ella la suya? Él ya no era el príncipe Sernine… era Arsène Lupin… Ella sabía que él era Arsène Lupin y que salía de la prisión.

Afuera llovía. La joven entregó su paraguas al criado y balbució:

—Tenga la bondad de abrirlo y ponerlo en algún lado…

Y la joven penetró a través de la puerta sin detenerse.

«Pobre amigo mío —se dijo Lupin, marchándose—. Con esta más, ya son sacudidas bastantes para un individuo nervioso y sensible como tú. Cuida de tu corazón, si no… Bueno, se te están humedeciendo los ojos. Mala señal, señor Lupin, estás envejeciendo.»

Dio una palmada en el hombro a un joven que cruzaba la calzada de Muette y se dirigía a la calle de Vignes. El joven se detuvo, y después de unos segundos dijo:

—Perdóneme, señor, pero no tengo el honor… me parece…

—Le parece a usted mal, mi querido señor Leduc, o bien es que su memoria está muy debilitada. Recuerde usted Versalles… el pequeño cuarto en el hotel Los Tres Emperadores…

—¡Usted!

El joven había dado un salto atrás, asustado.

—Dios mío, pues sí, soy yo, el príncipe Sernine o, más bien dicho, Lupin, puesto que usted sabe mi verdadero nombre. ¿Acaso pensaba usted que Lupin había muerto? ¡Ah!, sí, comprendo, la prisión… usted esperaba… Vaya, hijo, vaya…

Le palmoteó afablemente sobre el hombro.

—Veamos, joven, ánimo, pues disponemos todavía de muchos días plácidos y buenos para hacer versos. Todavía no ha llegado la hora. Haz versos, poeta.

Le apretó el brazo violentamente y le dijo cara a cara

—Pero la hora se acerca, poeta. No olvides que me perteneces en cuerpo y alma. Y prepárate para representar tu papel. Será duro y magnífico. Y, por Dios, que verdaderamente me pareces el hombre apropiado para ese papel.

Rompió a reír, hizo una pirueta y dejó al joven Leduc desconcertado.

Más lejos, en la esquina de la calle de la Pompe, estaba la tienda de vinos de que le había hablado la señora Kesselbach.

Entró en ella y habló largamente con el dueño. Luego tomó un coche de alquiler y se hizo conducir al Gran Hotel, donde vivía bajo el nombre de André Beauny.

Los hermanos Doudeville le esperaban allí.

Aunque un poco hastiado por esta clase de satisfacciones, no por ello Lupin dejaba de disfrutar los testimonios de admiración y de dedicación con que sus amigos le colmaban.

—En suma, jefe, explíquenos… ¿Qué ha ocurrido? Con usted, nos hemos acostumbrado a los prodigios… Pero, a pesar de ello, hay un límite… Entonces, ¿está usted libre? Sí, y helo a usted aquí en el corazón de París, apenas disfrazado.

—¿Un cigarro? —les ofreció Lupin.

—Gracias… no.

—Pues haces mal, Doudeville. Estos son unos magníficos cigarros. Los he recibido de un gran conocedor en materia de tabacos que se precia de ser amigo mío.

—¿Podríamos saber quién es?

—El káiser… Vamos, no pongáis esas caras de embrutecidos e informadme de lo que ha ocurrido. No he leído los periódicos. ¿Qué efecto causó en el público mi fuga?

—El de un rayo.

—Y ¿qué versión dio la policía?

—Según ella, la fuga ocurrió en Garches, mientras se efectuaba la reconstrucción del asesinato de Altenheim. Por desgracia, los periodistas han demostrado que eso era imposible.

—¿Y entonces?

—Entonces, esto ha provocado un desconcierto. Se busca, se ríe y hay gran diversión.

—¿Y Weber?

—Weber se encuentra muy comprometido.

—¿Y aparte de esto, no hay nada nuevo en el servicio de Seguridad? ¿No han descubierto nada sobre el asesino? ¿No hay ningún indicio que nos permita descubrir la identidad de Altenheim?

—No.

—Es penoso. ¡Cuando se piensa que pagamos millones para disponer de una policía! Si esto continúa, voy a negarme a pagar impuestos. Toma asiento y coge una pluma. La carta que voy a dictarte, la llevaras esta noche al *Grand Journal*. Hace mucho tiempo que el mundo no tiene noticias mías. Debe de estar consumido de impaciencia. Escribe:

Señor director:

Me disculpo ante el público, cuya legítima impaciencia se sentirá decepcionada.

Me he fugado de la prisión, pero me es imposible revelar la forma en que me he evadido. Al propio tiempo debo decir que después de mi fuga he descubierto el famoso secreto, pero me es imposible decir qué secreto es ese y cómo lo descubrí.

Todo eso será, un día u otro, el tema de un relato un tanto oriental que, conforme a mis notas, publicará mi habitual biógrafo. Es una página de la historia de Francia que nuestros nietos no dejaran de leer con interés.

Por el momento, tengo cosas más importantes que hacer. Indignado al ver en qué manos han caído las funciones que yo ejercía, cansado de comprobar que el asunto Kesselbach-Altenheim continúa encontrándose en la misma situación, destituyo al señor Weber y vuelvo a tomar el cargo de honor que yo ocupaba con tanto brillo y a satisfacción general, bajo el nombre de señor Lenormand.

ARSÈNE LUPIN,
jefe de Seguridad

II

A las ocho de la noche, Arsène Lupin y uno de los hermanos Doudeville penetraban en el establecimiento Caillard, el restaurante de moda; Lupin vestía traje entallado, pero con el pantalón un poco amplio de artista y la corbata demasiado suelta; Doudeville iba de levita, con el aspecto y el aire solemne de un magistrado.

Escogieron la parte del restaurante que se hallaba más al fondo y que está separada de la sala grande mediante dos columnas.

Un mayordomo, correcto pero desdeñoso, tomó nota del pedido en un carné que sostenía en la mano. Lupin pidió los platos con una minucia y un arte selectivo de fino gastrónomo.

—En verdad —dijo—, la comida de la prisión era aceptable; pero, a pesar de ello, constituye un placer el disfrutar de una comida selecta.

Corrió con buen apetito y, en silencio, limitándose, sin embargo, a pronunciar de cuando en cuando alguna breve frase que indicaba la trayectoria de sus preocupaciones.

—Evidentemente, eso se arreglará… pero será difícil… ¡Qué adversario…! Lo que me sorprende es que, después de seis meses de lucha yo ni siquiera sepa qué es lo que él quiere… El cómplice principal ha muerto, estamos al término de la batalla; pero, no obstante, no veo más claro su juego… ¿Qué busca ese miserable?… En lo que a mí se refiere, mi plan está claro: echar la mano al gran ducado, poner en el trono a un Gran duque designado por mí, darle a Geneviève como esposa… y reinar. He aquí algo completamente limpio, honrado y leal. Pero el, ese innoble personaje, esa larva de las tinieblas, ¿qué objetivo espera alcanzar?

Llamó:

—Mozo.

El mayordomo se acercó.

—¿Qué desea el señor?

—Cigarros.

El mayordomo regresó momentos después y abrió varias cajas.

—¿Cuáles me aconseja? —preguntó Lupin.

—Aquí hay unos Upman excelentes.

Lupin le ofreció uno de esos cigarros a Doudeville, tomó otro para él y lo despuntó.

El mayordomo encendió una cerilla y se la presentó.

Con gran rapidez, Lupin le agarró por la muñeca.

—Ni una palabra… te conozco… tu verdadero nombre es Dominique Lecas…

El mayordomo, hombre grueso y fuerte, intentó desprenderse. Ahogó un grito de dolor. Lupin le había retorcido la muñeca.

—Tú te llamas Dominique… vives en la calle de la Pompe, en un cuarto piso, y te has retirado con una pequeña fortuna adquirida al servicio… No obstante, escucha, imbécil, o te rompo el hueso… una fortuna adquirida al servicio del barón Altenheim, en cuya casa eras mayordomo.

El otro quedó inmóvil, con el rostro amarillo de miedo.

Alrededor de ellos, la pequeña sala había quedado vacía. Al lado, en el restaurante, tres señores fumaban y dos parejas pasaban el tiempo tomando licores.

—Ya ves, aquí estamos a solas… podemos hablar.

—¿Quién es usted? ¿Quién es usted?

—¿No me recuerdas, acaso? Sin embargo, recuerda el famoso almuerzo en la villa Dupont… Fuiste tú mismo, viejo pícaro, quien me ofreció el plato de pasteles envenenados… ¡y qué pasteles!…

—¡El príncipe!… ¡el príncipe! —balbució el otro.

—Sí, el príncipe Arsène, el príncipe Lupin en persona…

¡Ah, ya respiras!… Te estás diciendo que nada tienes que temer de Lupin, ¿no es así? Pues es un error, amigo mío, porque tienes que temerlo todo de él.

Sacó del bolsillo una tarjeta y se la mostró.

—Mira, aquí tienes; ahora soy de la policía… Qué quieres hacerle, es siempre así cómo terminamos nosotros… Nosotros, los grandes señores del robo, los emperadores del crimen.

—¿Qué quiere usted? —dijo el mayordomo, cada vez más inquieto.

—Ahora quiero que vayas a atender aquel cliente que te está llamando allí. Cuando le hayas servido, vuelve. Y, sobre todo, nada de bromas; no intentes largarte. Tengo diez agentes que están ahí fuera y que tienen los ojos puestos en ti. Anda, vete.

El mayordomo obedeció.

Cinco minutos después había regresado, y en pie ante la mesa, con la espalda vuelta al restaurante, haciendo como si discutiera con los clientes sobre la calidad de los cigarros, dijo:

—Y entonces, ¿de qué se trata?

Lupin alineó sobre la mesa unos cuantos billetes de cien francos.

—A todas las respuestas precisas a mis preguntas te corresponderán otros tantos billetes.

—Me interesa.

—Comienzo. ¿Cuántos estabais con el barón de Altenheim?

—Siete, sin contarme yo.

—¿No había nadie más?

—No, solamente una vez se contrataron también a unos obreros italianos para construir los subterráneos de la villa de las Glicinas, en Garches.

—¿Había dos subterráneos?

—Sí, uno conducía al pabellón Hortensia, y el otro desembocaba en el primero y tenía la entrada por debajo del pabellón de la señora Kesselbach.

—¿Qué pretendíais?

—Secuestrar a la señora Kesselbach.

—Y las dos sirvientas, Suzanne y Gertrude, ¿eran cómplices?

—Sí.

—¿Dónde se encuentran ahora?

—En el extranjero.

—¿Y tus siete compañeros, los de la banda de Altenheim?

—Yo me he separado, pero ellos continúan en la banda.

—¿Dónde podría encontrarlos?

Dominique titubeó. Lupin desdobló dos billetes franceses de mil francos, y dijo:

—Tus escrúpulos te honran, Dominique, pero no tienes más que olvidarte de ellos y responder.

Dominique respondió:

—Puede encontrarlos en el número tres de la carretera de la Revolución, en Neuilly. Uno de ellos se llama Brontanteur.

—Perfectamente. Y ahora dime el nombre, el verdadero nombre, de Altenheim. ¿Lo sabes?

—Sí, Ribeira.

—Dominique, esto va a acabar mal. Ribeira no era más que un apodo, lo que quiero que me digas es su verdadero nombre.

—Parbury.

—Ese es otro apodo.

El mayordomo titubeó. Lupin desdobló tres billetes de cien francos.

—Bueno, ¡al diablo! —exclamó el mayordomo—. Después de todo, ya está muerto, ¿no es así?, y bien muerto.

—Su nombre —repitió Lupin.

—¿Su nombre? El caballero de Malreich.

Lupin dio un salto en su asiento.

—¡Cómo! ¿Qué es lo que dices, el caballero... repite... el caballero...?

—Raoul de Malreich.

Se produjo un largo silencio. Lupin, con la mirada fija, pensaba en la loca de Veldenz, que había muerto envenenada. Isilda llevaba ese mismo nombre: Malreich. Ese era también el nombre que llevaba el gentilhombre francés que llegó a la corte de Veldenz en el siglo XVIII.

Luego preguntó:

—¿De qué país era ese Malreich?

—Era de origen francés, pero nacido en Alemania... yo vi sus documentos una vez... Fue así como me enteré de su nombre. ¡Ah!, si él lo hubiera sabido, creo que me hubiera estrangulado.

Lupin reflexionó, y dijo:

—¿Era él quien os mandaba a todos?

—Sí.

—Pero ¿él tenía un cómplice, un asociado?

—¡Ah!, cállese usted... Cállese usted...

El rostro del mayordomo expresó de pronto una gran ansiedad.

Lupin experimentó esa misma clase de espanto, de repulsión que sufría el otro con solo pensar en el asesino.

—¿Quién es? ¿Le has visto?

—¡Oh!, no hablemos de ese... no se debe de hablar de él.

—¿Quién es?, te pregunto.

—Es el amo... el jefe... nadie le conoce.

—Pero tú le has visto. Responde. ¿Le has visto?

—Algunas veces en las sombras... de noche. Nunca en pleno día. Sus órdenes llegaban escritas en pequeños trozos de papel... o por teléfono.

—¿Su nombre?

—Lo ignoro. Nunca se hablaba de él porque eso traía mala suerte.

—Viste de negro, ¿no es así?

—Sí, de negro. Es pequeño y delgado... rubio...

—Y mata, ¿no es eso?

—Sí, mata... mata lo mismo que otros roban un pedazo de pan.

Su voz temblaba. Suplicó:

—Callémonos... no debemos hablar de eso... yo se lo digo... trae mala suerte.

Lupin calló, impresionado, a pesar de todo, por la angustia de aquel hombre.

Permaneció largo tiempo pensativo, y luego se levantó y le dijo al mayordomo:

—Toma, ahí está tu dinero; pero si quieres vivir en paz, procederás prudentemente en no soplarle ni una palabra a nadie sobre nuestra entrevista.

Salió del restaurante con Doudeville y caminaron hasta la puerta de Saint-Denis, sin decir palabra, preocupado por todo cuanto acababa de saber.

Finalmente tomó del brazo a su compañero y dijo:

—Escucha bien, Doudeville. Vas a ir a la estación del Norte, adonde llegarás a tiempo para subir al expreso de Luxemburgo. Irás a Veldenz, la capital del gran ducado de Deux-Ponts-Veldenz. En el Ayuntamiento obtendrás fácilmente el acta de nacimiento del caballero de Malreich, y también informes sobre su familia. Pasado mañana podrás estar de regreso.

—¿Deberé dar aviso en la Seguridad?

—Yo me encargo de eso. Telefonearé diciéndoles que estás enfermo. Otra cosa más. Nos veremos a mediodía en un pequeño café que se encuentra en la carretera de la Revolución y que se llama restaurante Búfalo. Disfrázate de obrero.

Al día siguiente por la mañana, Lupin, vestido con una blusa y cubierta la cabeza con una gorra, se dirigió hacia

Neuilly y comenzó su investigación en el número 3 de la carretera de la Revolución. Había allí una puerta para coches que daba acceso a un primer patio; dentro de este había toda una verdadera ciudad, con una serie de pasadizos y de talleres, donde bullía una población de artesanos, de mujeres y de chiquillos. En breves minutos se conquistó las simpatías de la portera, con la cual charló durante una hora sobre los más diversos temas. Durante esa hora vio pasar, unos tras otros, a tres individuos cuyo aspecto le sorprendió.

«Estas son —pensó— verdaderas piezas de caza... se nota por el rastro que dejan... tienen el aire de gente honrada, ¡diablos!, pero también tienen la mirada de la bestia silvestre, que sabe que el enemigo se encuentra por todas partes y que en cada maleza, en cada macizo de hierbas, se puede ocultar una emboscada.»

Por la tarde y durante la mañana del sábado, Lupin prosiguió sus investigaciones y adquirió la certidumbre de que los siete cómplices de Altenheim vivían todos en aquel grupo de casas. Cuatro de ellos ejercían abiertamente de «comerciantes de ropa hecha». Otros dos vendían periódicos, y el séptimo se decía chamarilero, y, en efecto, es así como se le conocía

Pasaban unos junto a otros sin dar la más pequeña muestra de conocerse. Pero, por la noche, Lupin comprobó que se reunían en una especie de cochera situada al fondo del último de los patios, y en la cual el chamarilero guardaba sus mercancías, constituidas por hierros viejos, estufas rotas, tuberías de estufas oxidadas y, sin duda, también una gran cantidad de objetos robados.

«Vamos —se dijo—; hagamos, en primer lugar, nuestra tarea. Le he pedido un mes a mi primo de Alemania, pero creo que bastará con una quincena. Y lo que más me agrada es el comenzar la operación por estos mozalbetes que me dieron un baño en el Sena. Pobre viejo Gourel; por fin voy a vengarte. Y no es demasiado pronto.»

A mediodía penetró en el restaurante Búfalo, entrando en una pequeña sala baja, en la cual albañiles y cocheros acudían a comer el plato del día.

Alguien vino a sentarse a su lado a la mesa.

—Ya está arreglado, jefe.

—Eres tú, Doudeville. Tanto mejor. Tengo prisa por saber. ¿Ya tienes los informes? ¿Y el acta de nacimiento? Pronto, cuenta.

—Pues bien: he aquí lo que hay. El padre y la madre de Altenheim murieron en el extranjero.

—Pasemos eso por alto.

—Y dejaron tres hijos.

—¿Tres?

—Sí, el mayor tendría hoy treinta años. Se llamaba Raúl de Malreich.

—Ese es nuestro hombre Altenheim. ¿Y qué más?

—El más joven de los hijos era una muchacha, Isilda. En el registro figura escrita con tinta fresca la anotación «Fallecida».

—Isilda… Isilda —repitió Lupin—; es exactamente lo que yo pensaba Isilda era la hermana de Altenheim… yo había observado en ella unos rasgos fisonómicos que me eran familiares… ese es el lazo que los unía… Pero ¿y el otro, el tercer hijo, o, más bien, el segundo?

—Era un hijo, y tendría en la actualidad veintiséis años.

—¿Su nombre?

—Louis de Malreich.

Lupin experimentó cierta sorpresa.

—Ya está. Louis de Malreich… las iniciales L. M… la espantosa y aterradora firma… El asesino se llama Louis de Malreich… era el hermano Altenheim y de Isilda. Mató a uno y a otra por temor a sus revelaciones…

Lupin permaneció taciturno, sombrío, sin duda bajo la obsesión de aquel ser misterioso.

Doudeville objetó.

—¿Y qué podría él temer de su hermana Isilda? Me dijeron que estaba loca.

—Loca, sí; no obstante, era capaz de recordar ciertos detalles de su infancia. Seguramente hubiera reconocido al hermano con el cual se había criado… Y la posibilidad de ese recuerdo le costó la vida.

Luego agregó:

—Loca… pero si todas esas gentes eran locas… la madre loca… el padre un alcohólico… Altenheim una verdadera bestia… Isilda una pobre demente… y en cuanto al otro, el asesino, ese es el monstruo, el maniático imbécil…

—Jefe, ¿cree usted que es un imbécil?

—Sí, imbécil. Con destellos de genio, con malicias e intuiciones de demonio, pero un trastornado, un poco como toda esa familia de los Malreich. Solo los locos matan, y sobre todo los locos como él. Porque, en fin…

—¿Qué, jefe?

—Mira.

III

Acababa de entrar en el restaurante un hombre que colgó en una percha su sombrero —un sombrero negro de fieltro blando—, se sentó a una pequeña mesa, examinó la carta que le entregó un camarero, pidió los platos escogidos y luego esperó inmóvil, con el torso rígido y los brazos cruzados.

Lupin le observó, situado completamente de cara a él.

Tenía un rostro delgaducho y seco, enteramente lampiño, las órbitas de los ojos profundas y en las cuales se percibían unas pupilas grises, aceradas. La piel parecía estirada de un pómulo al otro como un pergamino tan basto y espeso que no hubiera podido perforarlo ni un pelo de la barba.

Y aquel rostro era apagado, no lo animaba la más tenue expresión; ningún pensamiento parecía latir bajo aquella frente de marfil. Las pupilas, sin pestañas, jamás se movían, lo que daba a aquella mirada la fijeza de la de una estatua.

Lupin hizo seña a uno de los mozos del establecimiento.

—¿Quién es ese señor?

—¿Aquel que está almorzando allí?

—Sí.

—Es un cliente. Viene aquí dos o tres veces por semana.

—¿Sabe usted su nombre?

—¡Caray!, sí… Léon Massier.

—¡Oh! —balbució Lupin, muy emocionado—. L M… las dos letras… ¿Será, acaso, este Louis de Malreich?

Le contempló con avidez En verdad, el aspecto de aquel hombre se ajustaba a la imagen que Lupin se había forjado de él, a lo que sabía de él y de su horrible existencia. Pero lo que le turbaba era la muerta mirada, aquellos ojos en donde él había pensado que habría vida y llama… Aquella mirada impasible donde cabía suponer el tormento, el desorden mental, la poderosa mueca de los grandes malditos.

Le dijo al mozo:

—¿Y a qué se dedica ese señor?

—Palabra que no sabría decirlo. Es un tipo muy raro… siempre está solo… jamás habla con nadie… Aquí apenas le conocemos el tono de su voz. Con el dedo señala en la carta los platos que quiere que le sirvan… En veinte minutos come… paga… y se va…

—¿Y cuándo vuelve?

—Cada cuatro o cinco días. No viene con regularidad.

«Es él, no puede ser más que él —se repetía Lupin—. Es Malreich, helo ahí… respirando a cuatro pasos de mí. Ahí están las manos que matan. Ahí está el cerebro que se embriaga con el olor a sangre… el monstruo, el vampiro…»

Y, sin embargo, ¿era esto posible? Lupin había acabado por considerarle como a un ser a tal extremo fantástico, que se sentía desconcertado al verle en forma viviente, caminando, viviendo, actuando. No se explicaba que comiese como los demás pan y carne, que bebiese cerveza como cualquiera… Él, que lo había imaginado igual a una bestia inmunda que se atiborrase de carne viva y de la sangre de sus víctimas.

—Vámonos, Doudeville.

—¿Qué es lo que tiene usted, jefe? Está usted muy pálido.

—Siento necesidad de respirar aire fresco. Salgamos.

Afuera respiró largamente, se secó la frente perlada de sudor, y murmuró:

—Ya me siento mejor. Me asfixiaba —y, dominándose, agregó—: Doudeville, el desenlace se acerca. Desde hace semanas estoy luchando a tientas contra un enemigo invisible. Y he aquí que de pronto la casualidad lo pone en mi camino. Ahora la partida está igualada.

—¿Y si nos separáramos, jefe? Ese hombre nos ha visto juntos. Se fijará menos en nosotros si nos ve separados.

—¿Acaso nos ha visto? —dijo Lupin, pensativo—. Parece no ver nada, no oír nada ni mirar a nada. ¡Qué tipo desconcertante!

De hecho, diez minutos después, Léon Massier apareció y se alejó sin observar siquiera que era seguido.

Había encendido un cigarrillo y fumaba, con una de las manos a la espalda, caminando como un paseante distraído que goza del sol y del aire fresco y que no sospecha que pueda ser vigilado en el curso de su paseo.

Pasó más allá del fielato que allí había, siguió a lo largo de las fortificaciones, salió de nuevo por la puerta Champerret, y regresó por la carretera de la Revolución.

¿Iría a entrar en las casas del número 3? Lupin deseó vivamente que así fuese, pues ello hubiera constituido la prueba segura de su complicidad con la banda de Altenheim; pero el individuo dio vuelta en la esquina y penetró por la calle Delaizement, por la cual siguió hasta más allá del velódromo de Búfalo.

A la izquierda, frente al velódromo, entre las barracas que bordean la calle Delaizement, había una pequeña casa aislada, rodeada por un jardín minúsculo.

Léon Massier se detuvo, sacó un manojo de llaves, abrió primero la puerta de reja del jardín y luego la puerta de la casa, y desapareció dentro de esta.

Lupin avanzó con precaución. Inmediatamente observó que las casas de la carretera de la Revolución se prolongaban por la parte posterior hasta el muro del jardín.

Habiéndose acercado algo más, vio que ese muro era muy alto y que apoyada contra él había una cochera construida al fondo del jardín.

Conforme a la disposición de aquel lugar, Lupin adquirió la certidumbre de que aquella cochera estaba adosada a la cochera que se erguía en el último patio del número 3, y que le servía de almacén para cosas viejas al chamarilero.

Así pues, Léon Massier vivía en una casa contigua a la habitación donde se reunían los siete cómplices de la banda de Altenheim. Por consiguiente, Léon Massier era, en efecto, el jefe supremo que mandaba esa banda, y resultaba evidente que por un pasadizo que existía entre las dos cocheras se comunicaba con sus subordinados.

—No me había equivocado —dijo Arsène Lupin—. Léon Massier y Louis de Malreich no son más que una misma persona. La situación se simplifica.

—Por completo —aprobó Doudeville—, y antes de unos días todo estará arreglado.

—Es decir, que yo hubiera recibido una cuchillada en la garganta.

—¿Qué es lo que usted dice, jefe? Vaya una idea…

—¡Bah, quién sabe! Siempre tuve el presentimiento de que ese monstruo me traería mala suerte.

A partir de ese momento se trataba, por así decir, de vigilar la vida de Malreich, de modo que ninguno de sus actos pasasen ignorados.

La vida de Malreich, según la gente que vivía en el barrio y entre la cual indagó Doudeville, era de lo más extraño. El individuo del Pabellón, cual llamaban a aquella vivienda, hacía solamente algunos meses que habitaba allí. No trataba con nadie ni recibía visita alguna. No se sabía que tuviese ningún criado. Y las ventanas, aun estando abiertas de par en par, incluso durante la noche, revelaban en el interior una completa oscuridad, que nunca iluminaba ni siquiera la claridad de una vela o de una lámpara.

Por lo demás, generalmente Léon Massier salía al declinar el día y regresaba muy tarde, al alba, según manifestaban algunas personas que se habían encontrado con él al salir el sol.

—¿Y saben esas personas lo que hace? —preguntó Lupin a su compañero, cuando este se reunió con él.

—No. Su existencia es completamente irregular… desaparece algunas veces durante varios días… o más bien permanece encerrado en su casa. En resumen, nada se sabe.

—Pues bien: nosotros lo averiguaremos, y pronto.

Pero se equivocaba. Después de ocho días de investigaciones y de esfuerzos continuos, Lupin no había conseguido averiguar nada nuevo en relación con aquel extraño personaje. No obstante, ocurrió algo extraordinario, y fue que, súbitamente, mientras Lupin le seguía, aquel hombre, que caminaba con paso corto a lo largo de las calles, sin detenerse jamás, desapareció un día, de pronto, como por ensalmo. Utilizaba algunas veces casas de doble salida, sin embargo, otras veces parecía desvanecerse en medio de la multitud, como si fuera un fantasma. Y cuando esto ocurría, Lupin permanecía allí petrificado, desorientado, lleno de rabia y de confusión.

Entonces se iba corriendo de nuevo a la calle Delaizement y montaba allí guardia. Transcurrían los minutos y los cuartos de hora, sucediéndose unos a otros hasta que pasaba gran parte de la noche. Y luego, de pronto, el hombre misterioso resurgía. ¿Qué había podido estar haciendo?

IV

—Una carta continental para usted, jefe —le dijo Duodeville una noche, a eso de las ocho, al reunirse a él en la calle Delaizement.

Lupin rasgó el sobre. La señora Kesselbach le suplicaba que acudiera en su auxilio. A la caída de la tarde, dos hombres se habían colocado bajo las ventanas de la casa de la señora Kesselbach y uno de ellos había dicho: «¡Caray!, no hemos visto más que fuego… Entonces queda entendido, daremos el golpe esta noche». La señora había bajado y comprobado que la ventana de la despensa ya no cerraba o, cuando menos, que podía ser abierta desde el exterior.

—En fin —dijo Lupin—, es nuestro propio enemigo quien nos presenta batalla. Tanto mejor, pues ya estoy cansado de permanecer en pie vigilando bajo las ventanas de Malreich.

—¿Acaso estará él allí a estas horas?

—No. Todavía me ha hecho una nueva jugada de las suyas, en París. Yo iba a jugarle una de las mías. Pero, ante todo, escúchame bien, Doudeville. Vas a reunir a una docena de nuestros hombres más fuertes… Por ejemplo, a Marc y al ujier Gerôme. Después del asunto del hotel Palace yo les había dado unas vacaciones. Que vengan por esta vez. Cuando nuestros hombres ya estén reunidos, llévalos a la calle de Vignes. El viejo Charolais y su hijo montarán guardia. Tú te entenderás con ellos, y a las once y media vendrás a reunirte conmigo en la esquina de la calle de Vignes y de la calle Raynouard. Desde allí vigilaremos la casa.

Doudeville se alejó. Lupin esperó todavía una hora más, hasta que la pacífica calle Delaizement quedó completamente desierta, y luego, viendo que Léon Massier no regresaba, se decidió y se acercó a la casa.

No había nadie en las inmediaciones… Tomó impulso y saltó sobre el reborde de piedra que sostenía sujeta la reja del jardín; unos minutos después estaba en su interior.

Su propósito consistía en forzar la puerta de la casa y registrar las habitaciones, a fin de encontrar las famosas cartas del emperador, robadas por Malreich en Veldenz, pero pensó que una visita a la cochera era aún más urgente.

Quedó muy sorprendido al ver que la casa no estaba cerrada, y comprobar enseguida, a la luz de su linterna, que se encontraba absolutamente vacía y que no había ninguna puerta de comunicación en el muro del fondo.

Investigó largo rato, aunque sin éxito alguno. Sin embargo, en el exterior vio una escala apoyada contra la cochera y que evidentemente servía para subir a una especie de desván que existía bajo el techo de pizarra.

Viejas cajas, haces de paja, vidrieras de jardinería de invierno, se amontonaban en aquel desván, o más bien así lo parecía, porque descubrió fácilmente un pasadizo que le conducía al muro.

Allí tropezó con una vidriera que intentó apartar.

Al no poder hacerlo, la examinó más de cerca y comprobó que estaba sujeta a la muralla, y que además le faltaba uno de los cristales.

Metió el brazo y comprobó que en el otro lado no había nada. Proyectó la luz de la linterna y observó. Se trataba de un hangar grande, una cochera más amplia que la del pabellón y repleta de hierros y objetos de todo tipo.

«Ya está —se dijo Lupin—. Este tragaluz está practicado en la cochera del chamarilero, arriba de todo, y es desde allí desde donde Louis Malreich ve, escucha y vigila a sus cómplices, sin que estos le vean ni le oigan a él. Ahora me explico el que no conozcan a su jefe.»

Ya informado, apagó la luz de la lámpara, y se disponía a marcharse cuando una puerta se abrió frente a él, allá abajo. Alguien entraba. Se encendió una lámpara, y reconoció entonces al chamarilero.

Lupin resolvió quedarse, por cuanto la expedición que había iniciado no podía llevarla a cabo mientras aquel hombre permaneciese allí. El chamarilero había sacado dos revólveres de sus bolsillos. Comprobó el funcionamiento de las armas y cambió las balas de las mismas, mientras silbaba una canción de café cantante.

Transcurrió una hora en esa situación. Lupin comenzaba ya a inquietarse, y, no obstante, tampoco se decidía a irse.

Todavía transcurrieron dos minutos, media hora, una hora…

Al fin, el hombre dijo en voz alta:

—Entra.

Uno de los bandidos se deslizó dentro de la cochera, y luego, uno tras otro, llegaron un tercero, un cuarto…

—Ya estamos todos —dijo el chamarilero—. Diosdado y el Mofletudo se reunirán con nosotros allí. Vamos, no hay tiempo que perder… ¿Venís armados?

—Por completo.

—Tanto mejor. La cosa va a estar caliente.

—¿Cómo sabes tú eso, Chamarilero?

—He visto al jefe… y cuando yo digo que le he visto… no…; en fin, me ha hablado…

—Sí —dijo uno de los hombres—. Se encontraba, como siempre, en las sombras, en la esquina de una calle. Me gustaba más cómo procedía Altenheim. Cuando menos, sabíamos lo que hacíamos.

—¿Y acaso no lo sabes ahora? —replicó el Chamarilero—. Vamos a robar en la casa de la Kesselbach.

—¿Y los guardianes que hay allí? ¿Los dos sujetos que ha puesto allí Lupin?

—Tanto peor para ellos. Nosotros somos siete. No les quedará más que callarse.

—¿Y a la Kesselbach?

—Primero se le aplicará la mordaza, luego la cuerda, y después la traeremos aquí… Mira, la tenderemos sobre ese viejo canapé. Y, finalmente, esperaremos las órdenes.

—¿Está bien pagado este trabajo?

—Ante todo nos apoderaremos de las joyas de la Kesselbach.

—Sí, si tenemos éxito en eso, pero yo hablo de cosas seguras.

—Recibiremos por adelantado tres billetes de cien francos para cada uno de nosotros. Y después el doble.

—¿Tienes el dinero?

—Sí.

—Tanto mejor. Podrá decirse todo lo que se quiera, pero ello no impide que, por lo que respecta al pago, no hay dos como ese tipo.

Y en voz baja, al extremo de que Lupin apenas pudo oírlo, añadió:

—Escucha, Chamarilero: si nos vemos obligados a manejar el cuchillo, ¿hay alguna prima?

—La misma de siempre. Dos mil.

—¿Y si se trata de Lupin?

—Tres mil.

—¡Ah!, si pudiéramos cazarlo.

Uno tras otro abandonaron la cochera.

Pero Lupin todavía oyó estas palabras del Chamarilero:

—He aquí el plan de ataque: nos dividiremos en tres grupos; La señal será un silbido, y entonces, cada uno avanzará…

Rápidamente, Lupin salió de su escondrijo, bajó por la escala, rodeó el pabellón sin entrar en él y volvió a saltar por encima de la verja a la calle.

«El Chamarilero tiene razón, la cosa va a estar caliente… ¡Ah!, es mi piel lo que ellos quieren conseguir. Una prima por Lupin. Canallas.»

Volvió a pasar por delante del fielato y saltó dentro de un automóvil de alquiler.

—A la calle Raynouard.

Luego hizo detener el taxi a trescientos pasos de la calle de Vignes, y caminó hasta el ángulo que formaban las dos calles.

Con gran estupor, comprobó que Doudeville no estaba allí.

«¡Qué extraño —se dijo Lupin—. Y, sin embargo, ya pasa de la medianoche… Este asunto me parece sospechoso.»

Se armó de paciencia y esperó diez minutos, veinte minutos. Pasada media hora de las doce, todavía no había llegado nadie. Y un retraso así se hacía peligroso. Después de todo, si Doudeville y sus amigos no habían podido venir, entonces Charolais, su hijo y el propio Lupin, según pensaba este, bastarían para rechazar el ataque, y esto sin contar con la ayuda de los criados de la casa.

Avanzó, pues. Pero surgieron dos hombres que intentaban disimularse en las sombras de una hondonada

«¡Caray! —se dijo Lupin—. Esta es la vanguardia de la banda. Diosdado y el Mofletudo. Me he dejado distanciar estúpidamente.»

Todavía perdió algún tiempo. ¿Caminaría directo hacia ellos para ponerlos fuera de combate y penetrar enseguida en la casa, por la ventana de la despensa, que sabía que se encontraba despejada? Esta era la iniciativa más prudente, pues le permitiría, además, llevarse rápidamente a la señora Kesselbach y ponerla a salvo.

Sí, pero era también el fracaso de su plan… Era dejar que fallase aquella ocasión única de atrapar a la banda entera, y con ella, sin duda alguna, también a Louis de Malreich.

De pronto se oyó un silbido en alguna parte, del otro lado de la casa.

¿Serían ya los otros? ¿Iría a producirse por el lado del jardín un contraataque?

Sin embargo, a una señal dada, los dos hombres habían saltado por la ventana y desaparecido en el interior de la residencia.

Lupin dio un salto, se encaramó en el balcón y se introdujo en la despensa. Al oír ruido de pasos, juzgó que los asaltantes se habían introducido en el jardín. Aquel ruido era tan claro que se sintió intranquilo. Charolais y su hijo no podían menos de haber oído lo que estaba ocurriendo.

Por consiguiente, entró. El dormitorio de la señora Kesselbach se encontraba junto al descanso de la escalera. Lupin entró en él rápidamente.

A la luz de una lamparilla vio a Dolores desvanecida sobre un diván. Se precipitó hacia ella, la irguió y con voz imperiosa la obligó a responderle.

—Escuche… ¿Y Charolais? ¿Y su hijo?… ¿Dónde están? Ella balbució:

—Pero ¿cómo?… Pues… se han marchado…

—¿Qué dice usted? ¿Cómo es que se han marchado?

—Usted me ha enviado…, hace una hora, un mensaje telefónico.

Lupin recogió caído cerca de él un papel azul, y leyó:

Mándeme inmediatamente a los dos guardas… y a todos mis hombres… los espero en el Gran Hotel. No tema nada.

—¡Rayos y truenos!…, y usted lo creyó. Pero ¿y sus criados?

—Se han marchado.

Se acercó a la ventana. Afuera vio llegar a tres hombres viniendo del otro extremo del jardín.

Por la ventana de la habitación vecina, que daba a la calle, vio a otros dos hombres en el exterior.

Inmediatamente pensó en Diosdado, el Mofletudo y, sobre todo, en Louis Malreich, que debía de estar rondando por aquellos lugares.

—¡Diablos! —murmuró—. Empiezo a creer que estoy perdido.

7

El hombre negro

I

*E*n ese momento, Arsène Lupin experimentó la impresión, la certidumbre de que había sido atraído a una emboscada por medios que no tenía tiempo para discernir, pero en los cuales se adivinaba una habilidad y destreza prodigiosas.

Todo estaba combinado, todo estaba previsto: el alejamiento de sus hombres, la desaparición o traición de los criados y su propia presencia en casa de la señora Kesselbach.

Evidentemente, todo aquello había tenido éxito, de acuerdo con el capricho del enemigo, gracias a unas circunstancias propicias que bordeaban el milagro... Porque, en suma, él hubiera podido presentarse allí antes que el falso mensaje hubiera dado lugar a que se marchasen sus amigos. Entonces hubiera sido la batalla de su propia banda contra la banda de Altenheim. Lupin recordaba el proceder de Malreich, en el asesinato cometido por este de Altenheim, y el envenenamiento de la loca de Veldenz... Lupin se preguntó si la emboscada estaba dirigida solo contra él y si Malreich no habría entrevisto como cosa posible una batalla general, de la que resultase la supresión de sus propios cómplices que ahora le estorbaban.

Se trataba más bien en él de una intuición, de una idea fugitiva que brotaba en su ánimo. Pero la hora era de acción. Era preciso defender a Dolores, cuyo secuestro, en toda hipótesis, constituía la razón fundamental del ataque.

Cerró la ventana de la calle, echando el pasador, y amartilló su revólver. Si disparaba, provocaría la alarma en el barrio y los bandidos huirían.

«Pero no —murmuró—. No puedo consentir que se diga que yo rehuí la lucha. Es una ocasión demasiado buena… y además, quién sabe si huirían… son demasiado numerosos y no les importan los vecinos.»

Regresó al dormitorio de Dolores. Abajo se oyó ruido. Escuchó, y, al comprobar que aquel ruido provenía de la escalera, cerró la puerta con llave, dándole a esta doble vuelta.

Tendida en el diván, Dolores lloraba y sufría convulsiones. Lupin le suplicó:

—¿Tiene usted fuerzas? Estamos en el primer piso. Yo puedo ayudarla a bajar… con unas sábanas anudadas, desde la ventana…

—No, no, no me abandone usted… van a matarme, defiéndame.

Lupin la tomó en brazos y la llevó a la habitación contigua. Se inclinó sobre ella, y le dijo:

—No se mueva y tenga calma… Le juro que mientras yo esté vivo ninguno de esos hombres la tocará.

La puerta de la otra habitación fue abierta violentamente. Dolores, agarrándose a Lupin, exclamó:

—¡Ah!, ahí están… ahí están… le matarán a usted… usted está solo…

Con voz ardiente, Lupin replicó:

—Yo no estoy solo: usted está aquí… usted está aquí cerca de mí.

Lupin intentó desprenderse de ella, pero Dolores le tomó

la cabeza entre las manos, le miró profundamente a los ojos, y murmuró:

—¿Adónde va usted? ¿Qué va usted a hacer? No... no muera usted... yo no lo quiero... es preciso vivir... es preciso...

Dolores balbució palabras que Lupin no distinguió y que parecían haberse ahogado entre los labios de ella para que él no las escuchara. Agotadas sus energías, extenuada, Dolores se desplomó sin conocimiento.

Lupin se inclinó sobre ella y la contempló por unos momentos. Con suavidad depositó un beso sobre sus cabellos.

Luego regresó a la habitación vecina, cerró cuidadosamente la puerta que separaba las dos estancias y encendió la luz eléctrica.

—Un momento, niños —exclamó él—. En realidad, tenéis demasiada prisa para hacer que os liquide... ¿Sabéis que es Lupin quien se encuentra aquí? Cuidado, que el baile va a comenzar.

Al propio tiempo que hablaba desplegó un biombo para ocultar el sofá donde había estado descansando hacía unos momentos la señora Kesselbach, y sobre el cual Lupin había echado trajes de mujer y ropa de cama.

La puerta estaba a punto de saltar en pedazos, bajo los esfuerzos de los atacantes.

—Ya... ya voy... ¿Estáis ya dispuestos? Muy bien; vamos a entendérnoslas con el primero de estos señores.

Rápidamente hizo girar la llave de la cerradura y descorrió el cerrojo.

Se oyeron gritos, amenazas. Un tumulto de bestias odiosas surgió en el marco de la puerta abierta.

Sin embargo, ninguno se atrevía a avanzar. Antes de lanzarse sobre Lupin titubeaban bajo el efecto de la inquietud, del miedo... Eso era lo que él había previsto.

De pie en medio de la habitación, completamente bajo la

luz, con el brazo extendido, mostraba entre sus dedos un fajo de billetes de banco, con los cuales estaba formando, contándolos uno a uno, siete partes iguales. Y tranquilamente dijo:

—¿Tres mil francos de prima para cada uno si Lupin es enviado *ad patres*? ¿No es así? ¿No es esto lo que os han prometido? Pues aquí tenéis el doble.

Depositó los paquetes sobre una mesa, al alcance de los bandidos. El Chamarilero aulló:

—Tonterías. Lo que él trata es de ganar tiempo. Disparemos contra él. Levantó el brazo pero sus compañeros le detuvieron.

Lupin prosiguió:

—Bien entendido, eso no cambia en nada vuestros planes. Vosotros habéis entrado aquí: primero, para secuestrar a la señora Kesselbach; segundo, y en forma accesoria, para apoderaros de sus alhajas. Yo me consideraría el mayor de los miserables si me opusiera a ese doble propósito.

—¡Ah!, entonces, ¿adónde te propones llegar? —gruñó el Chamarilero, que escuchaba a pesar suyo.

—¡Ah, ah!, Chamarilero, empiezo a interesarte. Entra, pues, amigo mío… entrad todos… hay corrientes de aire en lo alto de la escalera… y unos hombres tan delicados como vosotros corréis el riesgo de acatarraros… ¡Vamos! ¿Tenemos miedo? Pues yo estoy aquí completamente solo… Vamos, valor, corderitos míos.

Penetraron en la estancia, intrigados y desconfiados.

—Cierra esa puerta, Chamarilero… así estaremos más cómodos. Gracias. ¡Ah!, ya veo, dicho sea de paso, que los billetes de mil se han desvanecido. Por consiguiente, estamos de acuerdo. Lo mismo que se ponen de acuerdo las gentes honradas.

—¿Y qué más?

—¿Qué más? Pues bien: puesto que estamos asociados…

—¡Asociados!

—Caray, ¿acaso no habéis aceptado mi dinero? Trabajamos juntos, amigo mío, y juntos seguiremos para primero, secuestrar a esa joven dama; segundo, para apoderarnos de las alhajas.

El Chamarilero replicó con sarcasmo:

—No tenemos necesidad de ti.

—Sí, querido mío.

—¿Para qué?

—Porque vosotros ignoráis dónde se encuentra el escondrijo de las alhajas, y en cambio yo lo sé.

—Lo encontraremos.

—Mañana. Pero no esta noche.

—Entonces, habla. ¿Qué es lo que quieres?

—El reparto de las alhajas.

—Entonces, ¿por qué no te lo has llevado tú todo, puesto que conoces el escondrijo?

—Porque me es imposible abrirlo yo solo. Hay un secreto, pero yo lo ignoro. Vosotros estáis aquí… y así me serviré de vosotros.

El Chamarilero titubeó, y dijo:

—Repartir… repartir… a lo mejor no se trata más que de unos cuantos pedruscos y de un poco de cobre…

—¡Imbécil! Hay más de un millón.

Los hombres se estremecieron, impresionados.

—Sea —dijo el Chamarilero—. Pero ¿y si la señora Kesselbach se escapa? Ella se encuentra en la otra habitación, ¿no es así?

—No, ella está aquí.

Lupin apartó por un momento una de las hojas del biombo y dejó entrever el montón de ropas y mantas que había preparado sobre el sofá.

—Está aquí desvanecida. Pero yo la libertaré solo después del reparto.

—Sin embargo…

—Pues a tomarlo o dejarlo. Tengo suerte de estar solo. Bien sabéis lo que yo valgo. Por tanto…

Los hombres se consultaron entre sí, y el Chamarilero dijo:

—¿Dónde está el escondrijo?

—Bajo el hogar de la chimenea. Pero es preciso, cuando se ignora el secreto, levantar ante todo la chimenea completa, el espejo, los mármoles, y todo ello en un bloque, al parecer. El trabajo es duro.

—¡Bah!, somos gentes de ataque. En cinco minutos lo vas a ver.

Dio órdenes, e inmediatamente sus compañeros se pusieron manos a la obra con un entusiasmo y una disciplina admirables. Dos de ellos, subidos sobre sillas, se esforzaron por quitar el espejo. Los otros cuatro atacaron la chimenea. El Chamarilero, de rodillas sobre el suelo, vigilaba el hogar de la chimenea, y ordenaba:

—Duro, muchachos… a una, por favor… atención… una… dos; ¡ah!, mirad, ya se mueve.

Inmóvil, detrás de ellos, con las manos en los bolsillos, Lupin los observaba con ternura, al propio tiempo que saboreaba con todo su orgullo de artista y maestro aquella prueba tan violenta de su autoridad, de su fuerza, del poder increíble que él ejercía sobre los demás. ¿Cómo aquellos bandidos habían podido admitir, ni siquiera por un segundo, aquella inverosímil historia y perder toda noción de las cosas, hasta el punto de abandonarle a su favor todas las oportunidades de la batalla?

Sacó de los bolsillos dos grandes revólveres, macizos e imponentes, extendió los brazos y tranquilamente, escogiendo a los primeros hombres que iba a derribar, y luego los otros dos que caerían enseguida, apuntó lo mismo que hubiera apuntado a dos blancos en una sala de tiro. Dos disparos simultáneos y luego otros dos…

Se escucharon aullidos… Cuatro hombres se desplomaron, uno tras otro, como muñecos en un juego de matanza.

—De siete, cuatro liquidados. Quedan tres —dijo Lupin—. ¿Será preciso continuar?

Sus brazos permanecían extendidos, con los dos revólveres apuntando sobre el grupo que formaban el Chamarilero y sus dos compañeros.

—Cerdo —gruñó el Chamarilero, buscando un arma.

—Quietas las patas —gritó Lupin— o disparo… Perfecto. Ahora, vosotros desarmadlo… si no…

Los dos bandidos, temblorosos… inmovilizaron a su jefe y le obligaron a someterse.

—¡Atadlo… atadlo!, ¡maldita sea! ¿Qué os importa a vosotros?… Una vez que yo me marche, estaréis libres… Vamos, ¿lo habéis entendido? Primero atadle las muñecas… con vuestros cinturones… y los tobillos. Pero más rápido.

Desamparado, vencido, el Chamarilero ya no ofrecía resistencia. Mientras sus compañeros le amarraban, Lupin se agachó sobre ellos y les asestó dos terribles golpes de culata sobre la cabeza. Se desplomaron.

—He aquí un trabajo bien realizado —dijo, respirando fuerte—. Lástima que no hubieran sido cincuenta… me encontraba en forma… y todo ello con una facilidad tremenda… con la sonrisa en los labios… ¿Qué piensas de esto tú, Chamarilero?

El bandido renegaba. Lupin le dijo:

—No te pongas melancólico, muchachote. Consuélate pensando estás colaborando con una buena acción: la salvación de la señora Kesselbach. Ella misma te mostrará su agradecimiento por tu galantería.

Lupin se dirigió hacia la puerta de la otra estancia y la abrió.

—¡Ah! —exclamó, deteniéndose en el umbral, paralizado y desconcertado.

La habitación estaba vacía.

Se acercó a la ventana y vio una escala apoyada contra el balcón. La escala era de acero desmontable.

—Secuestrada… secuestrada —murmuró—. Louis de Malreich… ¡Ah!, ese pícaro…

II

Lupin reflexionó unos momentos, al propio tiempo que se esforzaba por dominar su angustia, y se dijo que, después de todo, como la señora Kesselbach no parecía correr peligro alguno inmediato, no había motivo para alarmarse. Pero una súbita rabia le sacudió y precipitó sobre los bandidos, repartió entre ellos algunos puntapiés, que alcanzaron a los que estaban heridos y se agitaban, buscó y recuperó los billetes de banco, luego amordazó a aquellos individuos, les ató las manos con todo cuanto encontró, cordones de cortinas, alzapaños, mantas y sábanas cortadas en bandas, y finalmente alineó sobre la alfombra, frente al canapé, aquellos siete envoltorios humanos, apretados unos contra otros y amarrados cual si se tratara de paquetes.

«Una carga de momias en su salsa —dijo con sarcasmo—. Un suculento plato de carne para un buen gastrónomo. Pedazos de idiotas, ¿cómo echasteis vuestras cuentas? Ahí estáis como si se tratara de un puñado de ahogados en un depósito de cadáveres… ¿Es así cómo se ataca a Lupin… Lupin, defensor de viudas y huérfanos?… ¿Tembláis? Disteis un paso en falso, corderitos míos. Lupin jamás le hizo daño ni a una mosca… Pero Lupin es un hombre honrado, a quien no le agradan los canallas, y Lupin conoce sus deberes. Veamos,

¿es que acaso se puede vivir con unos ganapanes como vosotros? ¿Es que ya no hay respeto por la vida del prójimo? ¿No hay respeto para la vida de los demás, ni leyes, ni soledad, ni conciencia, ni nada? ¡Oh, Dios! ¿Adónde vamos a parar?»

Sin siquiera molestarse en encerrarlos, salió de la estancia, llegó a la calle y echó a andar hasta que llegó al automóvil de alquiler que le esperaba. Envió al chófer a buscar otro coche y reunió ambos delante de la casa de la señora Kesselbach.

Una buena propina que dio por adelantado le evitó andar con ociosas explicaciones. Con la ayuda de los dos chóferes bajó a los siete prisioneros y los instaló en los coches, revueltos y con las rodillas de los unos contra las de los otros. Los heridos lloraban y gemían. Luego cerró las portezuelas.

—Cuidado con las manos —les dijo Lupin.

Subió al asiento interior del primer coche, y ordenó:

—En marcha.

—¿Adónde vamos? —preguntó el chófer.

—Al treinta y seis del muelle de los Orfebres, a la Seguridad.

Roncaron los motores… se escuchó el ruido del despegue, y el extraño cortejo se puso en rápida marcha por las pendientes del Trocadero.

En las calles adelantaron a algunos carros cargados de hortalizas. En las aceras se veían hombres armados de pértigas que apagaban las luces de gas de las farolas.

Había estrellas en el cielo. Una fresca brisa flotaba en el espacio. Lupin cantaba.

La plaza de la Concordia… el Louvre… y a lo lejos, la masa negra de Notre Dame…

Se volvió y entreabrió la portezuela, preguntando:

—¿Estáis bien, compañeros? Yo también, gracias. La noche está deliciosa y se respira un aire transparente…

Saltó sobre los desnivelados adoquines de los muelles. E

inmediatamente surgió a su vista el Palacio de Justicia y la puerta de la Seguridad.

—Quédense aquí —ordenó Lupin a los dos chóferes—, y, sobre todo, cuiden bien a sus siete clientes.

Cruzó el primer patio y siguió luego por el pasillo de la derecha, que conducía a los locales del servicio central.

Había allí de guardia permanente algunos inspectores.

—Señores —dijo Lupin, entrando—, les traigo caza… y caza mayor… ¿Está el señor Weber? Soy el nuevo comisario de policía de Auteuil.

—Está en su departamento. ¿Es necesario avisarle?

—Un momento. Tengo prisa. Voy a dejarle unas líneas. Se sentó a una mesa y escribió:

> Mi querido Weber:
>
> Te traigo a los siete bandidos que componían la banda de Altenheim, los mismos que mataron a Gourel… y a tantos otros, y que me mataron también a mí bajo el nombre de señor Lenormand.
>
> No queda más que su jefe. Voy a proceder a su inmediata detención. Reúnete conmigo. Él vive en Neuilly, calle Delaizement, y se hace llamar Léon Massier.
>
> Cordiales saludos,
>
> ARSÈNE LUPIN,
> jefe de Seguridad

Metió la carta en un sobre, y dijo:

—Esto para el señor Weber. Es urgente. Y ahora necesito siete hombres para que recojan la entrega de la mercancía que dejado en el muelle.

Delante de los coches se les reunió un inspector jefe.

—¡Ah!, es usted, señor Leboeuf —le dijo—. He hecho una buena redada… Toda la banda de Altenheim… está dentro de los coches.

—¿Y dónde los cazó usted?

—Cuando estaban a punto de secuestrar a la señora Kesselbach y de saquear su casa. Pero ya explicaré eso en el momento oportuno.

El inspector jefe le llevó a un lado, y con aire sorprendido le dijo:

—Perdóneme, pero me han venido a avisar de parte del comisario de Auteuil. Y no me parece… ¿Con quién tengo el honor de hablar?

—A la persona que le está haciendo el espléndido regalo de siete apaches de la más estupenda calidad.

—De todos modos, yo quisiera saber…

—¿Mi nombre?

—Sí.

—Arsène Lupin.

Le dio rápidamente una patada en una pierna a su interlocutor, echó a correr hasta la calle de Rivoli, saltó dentro de un coche que pasaba y se hizo conducir a la puerta de Ternes.

Las casas en la carretera de la Revolución estaban cercanas y se dirigió a pie hacia el número 3.

A pesar de toda su sangre fría y del dominio que tenía sobre sí mismo, Arsène Lupin no lograba dominar la emoción que le invadía. ¿Lograría encontrar a Dolores Kesselbach? ¿Louis de Malreich habría llevado a la joven dama, bien a casa de él, o bien a la cochera del Chamarilero? Lupin le había quitado al Chamarilero la llave de aquella cochera, de modo que le fue fácil, después de haber llamado a la puerta y haber atravesado todos los patios, abrir la puerta y penetrar en el almacén de trastos viejos.

Encendió su linterna y se orientó. Un poco a la derecha estaba el espacio libre donde él había visto a los cómplices celebrar su último conciliábulo.

Sobre el canapé, designado por el Chamarilero, advirtió una forma negra.

Envuelta en cobertores, amordazada, yacía allí Dolores…
Acudió en su auxilio.

—¡Ah!, estáis aquí… estáis aquí —balbució ella—. ¿No os han hecho nada?

E inmediatamente, irguiéndose y señalando al fondo del almacén, añadió:

—Por ahí… por ese lado, se marchó él… le oí… estoy segura… es preciso marcharnos. Os lo ruego…

—Usted antes que nada —le dijo Lupin.

—No, él primero… golpéelo… se lo ruego… golpéelo.

El miedo ahora, en lugar de vencerla, parecía darle fuerzas inusitadas, y Dolores repetía en su inmenso deseo de librarse del implacable enemigo que la torturaba:

—Primero él… no quiero seguir viviendo… es preciso que usted me salve de él… es preciso… no quiero seguir viviendo.

Lupin la libró de las ligaduras, la tendió suavemente sobre el canapé, y le dijo:

—Tiene usted razón… Por lo demás, usted aquí no tiene nada que temer… espéreme, regreso pronto…

Cuando él iba a alejarse, ella le tomó la mano vivamente, y le dijo:

—Pero ¿y usted?

—Si ese hombre…

Se hubiera dicho que ella temía aquel combate supremo al que le exponía y que, en el último momento, se hubiera sentido feliz de retener a Lupin.

Lupin murmuró:

—Gracias, esté tranquila. ¿Qué tengo que temer? Él está solo.

Y, abandonándola, se dirigió hacia el fondo. Conforme esperaba, descubrió una escala erguida y apoyada contra el muro; sirviéndose de ella subió hasta llegar al nivel de un pequeño tragaluz, desde el cual había asistido a la reunión de los bandidos. Aquel era el camino que Malreich había tomado para regresar a su casa de la calle Delaizement.

Lupin siguió ese camino lo mismo que había hecho algunas horas antes, pasó a la otra cochera y bajó al jardín. Se encontraba detrás del pabellón ocupado por Malreich.

Cosa extraña, no dudó ni por un segundo que Malreich estuviese allí. Inevitablemente iba a encontrarse con él, y el formidable duelo que venían sosteniendo uno contra otro llegaría así a su fin. Unos minutos más, y todo habría terminado.

Se sintió confundido. Cuando echó mano al picaporte de una puerta, aquel giró y la puerta cedió al empujarla. El pabellón ni siquiera estaba, pues, cerrado.

Atravesó una cocina, un vestíbulo y subió una escalera. Avanzaba resueltamente, sin siquiera preocuparse de amortiguar el ruido de sus pasos.

En el descansillo de la escalera se detuvo. El sudor corría por su frente y sus sienes latían bajo el aflujo de la sangre.

A pesar de ello conservaba la calma, sintiéndose dueño de sí y consciente de todos sus pensamientos.

Depositó sobre un peldaño sus dos revólveres.

«Nada de armas —se dijo—. Solamente mis manos… nada más que el esfuerzo de mis dos manos… eso bastará, vale más así.»

Frente a él había tres puertas. Escogió la de en medio e hizo girar la cerradura. Ningún obstáculo. Entró.

No había luz alguna en aquella estancia, pero, por la ventana abierta de par en par, penetraba la claridad de la noche, y en la noche percibió la ropa y las cortinas blancas de una cama.

Y allí… alguien se estaba incorporando.

Bruscamente lanzó sobre aquella silueta el chorro de luz de su linterna.

¡Malreich!

El rostro amarillento de Malreich, sus ojos sombríos, sus pómulos de cadáver, su cuello descarnado…

Y todo aquello aparecía inmóvil, a cinco pasos de él… ¿Quién hubiera podido decir si aquel rostro inerte, si aquel rostro de muerto revelaba la más nimia inquietud?

Lupin avanzó un paso, luego otro, después otro más.

El hombre no se movía en absoluto.

¿Veía? ¿Comprendía? Se hubiera dicho que sus ojos miraban al vacío; Lupin se creía obsesionado por una alucinación, más bien que sorprendido por una imagen real.

Todavía un paso más…

«Va a defenderse —pensó Lupin—. Es preciso que se defienda.» Lupin adelantó un brazo hacia él.

El hombre no hizo gesto alguno ni retrocedió un milímetro. Sus párpados se mantenían inmóviles. Se produjo el contacto.

Y fue Lupin quien trastornado, espantado, perdió la cabeza. Tendió al hombre, le acostó sobre la cama, le envolvió en la ropa, le apresó dentro de las mantas y le mantuvo así sujeto bajo su rodilla como una presa… sin que el otro hubiera intentado el menor ademán de resistencia.

«¡Ah! —exclamó Lupin, embriagado de alegría y de odio contenido—. Al fin te he aplastado, bestia odiosa. Al fin, yo soy el amo…»

Escuchó ruido fuera, en la calle Delaizement, producido por unos golpes descargados sobre la verja. Se precipitó hacia la ventana, y desde ella gritó:

—Eres tú, Weber. Ya. Muy oportuno. Eres un servidor modelo. Cierra la puerta de la verja y corre… serás bienvenido.

En breves minutos, Lupin registró la ropa del prisionero, se apoderó de su cartera, se adueñó de sus papeles que pudo encontrar en los cajones de la mesa y del bufete, los colocó sobre la mesa y los examinó.

Lanzó un grito de alegría: el paquete de cartas estaba

allí… el paquete de las famosas cartas que él había prometido entregarle al emperador.

Volvió a colocar los papeles en su lugar y corrió a la ventana.

—Todo está arreglado, Weber. Puedes entrar. Encontrarás al asesino de Kesselbach en su cama, completamente preparado y amarrado… Adiós, Weber…

Y Lupin bajó a saltos la escalera, corrió hasta la cochera y, mientras Weber penetraba en la casa, fue a reunirse a Dolores Kesselbach. El solo había detenido a los siete compañeros de Altenheim.

Y había entregado a la justicia al misterioso jefe de la banda, el infame monstruo Louis de Malreich.

III

En un largo balcón de madera, sentado a una mesa, un joven escribía.

A veces levantaba la cabeza y contemplaba con mirada vaga el horizonte de colinas, donde los árboles, despojados de sus hojas por el otoño, dejaban caer las últimas de aquellas sobre los techos rojos de las casas y sobre los céspedes de los jardines. Luego se puso de nuevo a escribir.

Al cabo de un momento tomó la hoja de papel, y leyó en voz alta:

> Nuestros días van a la deriva
> como llevados por una corriente
> que los empuja hacia una orilla
> adonde se llega solo agonizando.

—No está mal —dijo una voz detrás de él—. Nadie lo hubiera hecho mejor. En fin, no todo el mundo puede ser un Lamartine.

—Usted… usted —balbució el joven, asombrado.

—Pues sí, poeta, yo mismo, Arsène Lupin, que viene a ver a su querido amigo Pierre Leduc.

Pierre Leduc se puso a temblar como si sufriera escalofríos de fiebre, y dijo en voz baja:

—¿Ha llegado la hora?

—Sí, mi excelente Pierre Leduc. Ha llegado para ti la hora de abandonar, o, mejor dicho, de interrumpir la blanda existencia de poeta que estás llevando desde hace varios meses a los pies de Geneviève Ernemont y de la señora de Kesselbach, y de interpretar el papel que te he reservado en mi obra… una linda obra, te lo aseguro; un pequeño drama bien tallado, conforme a las reglas del arte, con trémolos, risas y rechinamientos de dientes. Henos aquí llegados al quinto acto, el desenlace se acerca, y eres tú, Pierre Leduc, quien actúas de héroe. ¡Qué gloria!

El joven se levantó, y dijo:

—¿Y si me niego?

—¡Idiota!

—Sí, ¿si me niego? Después de todo, ¿quién me obliga a someterme a vuestra voluntad? ¿Quién me obliga a aceptar un papel que todavía no conozco, pero que por anticipado me repugna y del cual siento vergüenza?

—¡Idiota! —repitió Lupin.

Y obligando a Pierre Leduc a sentarse, Lupin se acomodó cerca de él y con voz suave le dijo:

—Olvidas por completo, jovencito, que tú no te llamas Pierre Leduc, sino Gerard Baupré. Y si llevas el admirable nombre de Pierre Leduc, entonces es porque tú, Gerard Baupré, has asesinado a Pierre Leduc y le has robado su personalidad.

El joven dio un salto, indignado, y replicó:

—Usted está loco. Usted sabe muy bien que fue usted mismo quien combinó todo esto…

—Caray, sí, lo sé muy bien; pero ¿qué dirá la justicia cuando yo le proporcione la prueba de que el verdadero Pierre Leduc murió de muerte violenta y que tú has tomado su lugar?

Aterrado, el joven comenzó a tartamudear:

—No le creerán… ¿Por qué habría de hacer yo eso? ¿Con qué objeto?

—¡Idiota! El objeto es tan visible que el propio Weber lo hubiera adivinado. Tú mientes cuando dices que no quieres aceptar un papel que ignoras. Ese papel tú lo conoces. Es el mismo que hubiera representado Pierre Leduc si no hubiera muerto.

—Pierre Leduc, para mí, para todo el mundo, no es más que una palabra. ¿Quién era él? ¿Quién era yo?

—¿Y qué es lo que eso puede importarte?

—Quiero saber, quiero saber adónde voy.

—Y si lo sabes, ¿caminarás derecho delante de mí?

—Sí, siempre que el objetivo de que usted habla valga la pena.

—Y sin eso, ¿crees, acaso, que yo me hubiera dado tanto trabajo?

—¿Qué sé yo? Y sea cual sea mi destino, tenga la seguridad de que yo me mostraré digno de él. Pero quiero saberlo. ¿Quién soy yo?

Arsène Lupin se quitó el sombrero, e inclinándose dijo:

—Hermann IV, gran duque de Deux-Ponts-Veldenz, príncipe de Berncastel, elector de Tréves y señor de otros lugares.

Tres días más tarde, Lupin llevó a la señora Kesselbach en automóvil a la frontera. El viaje fue silencioso.

Lupin recordaba con emoción el gesto de espanto de Dolores y las palabras que ella había pronunciado en la casa de la calle de Vignes, en el momento en que iba a defenderla contra los cómplices de Altenheim. Y ella debía también recordarlo, porque permanecía como ruborosa y visiblemente turbada en su presencia.

Por la noche llegaron a un pequeño castillo completamente revestido de hojas y flores, cubierto por una especie de enorme cúpula de pizarra y rodeado de un amplio jardín repleto de árboles seculares.

Encontraron allí ya instalada a Geneviève. Esta regresaba en esos momentos de la población vecina, donde había seleccionado sirvientes nativos de allí.

—Aquí está su residencia, señora —dijo Lupin—. Es el castillo de Bruggen. Usted podrá esperar aquí completamente segura el fin de estos acontecimientos. Mañana, Pierre Leduc, a quien ya he avisado, será vuestro huésped.

Lupin se marchó seguidamente, se dirigió a Veldenz y entregó al conde de Waldemar el paquete de las famosas cartas que había recuperado.

—Ya sabe usted mis condiciones, mi querido Waldemar —dijo Lupin—. Se trata, ante todo, de volver a levantar la casa de Deux-Ponts-Veldenz y devolverle el gran ducado al gran duque Hermann IV.

—Desde hoy voy a iniciar las negociaciones con el Consejo de Regencia. Según mis informes, eso será cosa fácil. Pero ¿y el gran duque Hermann?…

—Su alteza vive actualmente bajo el nombre de Pierre Leduc en el castillo de Bruggen. Presentaré todas las pruebas que sean precisas respecto a su identidad.

Aquella misma noche, Lupin volvió a tomar el camino de París con la intención de activar el proceso de Malreich y de los siete bandidos.

Lo que constituyó este asunto, la forma en que fue llevado, y cómo se desarrolló, resultaría harto fatigoso el hablar de ello, a tal extremo los hechos, y hasta los más pequeños detalles, están presentes en la memoria de todos. Es uno de esos acontecimientos sensacionales que incluso los aldeanos de los burgos más lejanos aún hoy comentan y lo relatan entre ellos.

Pero lo que yo quisiera recordar es la extraordinaria participación que en todo ello tuvo Arsène Lupin, en cuanto a la persecución del asunto y a los incidentes de la instrucción del proceso.

De hecho, la instrucción del proceso fue él mismo quien la dirigió. Desde un principio sustituyó a los poderes públicos, ordenando las pesquisas, indicando las medidas que habrían de tomarse y prescribiendo las preguntas que deberían formularse a los detenidos, y, en suma, teniendo respuestas para todos…

¿Quién no recuerda la sorpresa general cada mañana cuando se leía en los diarios aquellas cartas irresistibles de lógica y de autoridad, aquellas cartas firmadas alternativamente?

> Arsène Lupin, juez de instrucción.
> Arsène Lupin, procurador general.
> Arsène Lupin, ministro de Justicia.
> Arsène Lupin, policía.

Puso en la tarea un entusiasmo, un ardor e incluso una violencia, que le sorprendía hasta a él mismo, tan lleno habitualmente de ironía, y, en resumen, tan dispuesto por temperamento a una indulgencia en cierta forma profesional.

No, esta vez sentía odio.

Odiaba aquel Louis de Malreich, bandido sanguinario, bestia inmunda, del cual siempre había sentido miedo y que, incluso encerrado, incluso vencido, le producía aquella impresión de espanto y repugnancia que se experimenta a la vista de un reptil.

Además, ¿acaso Malreich no había tenido la audacia de perseguir a Dolores?

«Ha jugado y ha perdido —se decía Lupin—, y su cabeza volará.»

Eso era lo que él quería para su terrible enemigo: el cadalso, la mañana pálida en que la hoja de la guillotina cae deslizándose y mata...

Extraño detenido era aquel a quien el juez de instrucción interrogó a lo largo de dos meses entre los muros de su gabinete. Extraño personaje aquel hombre huesudo, con rostro de esqueleto y ojos muertos.

Parecía ausente de sí mismo. Era cual si no estuviera allí, sino muy lejos. Y tan poco preocupado de responder a las preguntas.

—Yo me llamo Léon Massier.

Esa fue la única frase en que se encerró.

Y Lupin replicaba:

—Tú mientes. Léon Massier, nacido en Périgueux, huérfano a la edad de diez años, murió hace siete años. Tú te apoderaste de sus documentos. Pero olvidas su acta de fallecimiento. Aquí está.

Y Lupin envió al ministerio Fiscal una copia del acta.

—Yo soy Léon Massier —afirmaba de nuevo el detenido.

—Tú mientes —respondía Lupin—. Tú eres Louis de Malreich, el último descendiente de un pequeño noble establecido en Alemania en el siglo XVIII. Tú tenías un hermano, que sucesivamente se hacía llamar Parbury, Ribeira y Altenheim. Y a ese hermano, tú le has matado. Tú tenías una hermana, Isilda de Malreich. Y a esa hermana, tú la mataste también.

—Yo soy Léon Massier.

—Mientes. Tú eres Malreich. Aquí está tu acta de nacimiento. Y aquí están la de tu hermano y la de tu hermana.

Y Lupin envió al ministerio Fiscal las tres actas.

Por lo demás, salvo en lo que concernía a su identidad, Malreich no se defendió en absoluto, aplastado, sin duda, por la acumulación de pruebas que se presentaban contra él. ¿Qué podía decir él? La justicia poseía cuarenta notas y cartas escritas de su puño y letra —conforme se demostró con la comparación de la escritura— y dirigidas a su banda y a sus cómplices, y las cuales había omitido destruir después de haberlas recuperado.

Todas estas cartas y notas eran órdenes referentes al asunto Kesselbach, el secuestro del señor Lenormand y de Gourel, la persecución del viejo Steinwer, la construcción de los subterráneos de Garches, etcétera. ¿Era posible negar todo eso?

Una cosa bastante extraña desconcertaba a la justicia. Careados con su jefe, los siete bandidos afirmaron todos ellos que no le conocían en absoluto. Jamás le habían visto. Recibían las instrucciones ya sea por teléfono o bien en las sombras, por medio, precisamente, de aquellas cartas y notas que Malreich les entregaba rápidamente, sin pronunciar palabra.

Pero, por lo demás, la comunicación entre el pabellón de la calle Delaizement y la cochera del Chamarilero, ¿acaso no constituía prueba suficiente de complicidad? Desde allí, Malreich veía y oía. Desde allí, el jefe de la banda vigilaba a sus hombres.

¿Que había contradicciones y hechos que en apariencia resultaban inconciliables? Lupin los explicaba todos. En un célebre artículo publicado la misma mañana de la vista de la causa, partiendo del propio comienzo del asunto, reveló las interioridades de aquel; desenredó la madeja; mostró cómo Malreich vivía, ignorándolo todos, en la habitación de su hermano, el falso comandante Parbury; iba y venía invisible por los pasillos del Palace, y asesinaba a Kesselbach, asesinaba al mozo del hotel y asesinaba al secretario de Chapman.

Todos recuerdan las sesiones del proceso. Fueron a la par aterradoras y grises… Aterradoras, por la atmósfera de angustia que pesaba sobre la multitud que asistía a ellas y por los recuerdos de crimen y sangre que obsesionaban las mentes… Y grises, pesadas, oscuras, asfixiantes, debido al silencio que guardaba el acusado.

En el acusado no asomaba ni un gesto de rebelión. Ni un movimiento. Ni una palabra.

Era un rostro de cera que no veía nada, que no oía nada. Constituía una espantosa visión de calma e impasibilidad. La concurrencia se estremecía. Las imaginaciones alocadas evocaban más bien que a un hombre, a una especie de ser sobrenatural, un genio de las leyendas orientales, uno de esos dioses de la India que son el símbolo de todo cuanto existe de feroz, cruel, sanguinario y destructor.

En cuanto a los otros bandidos, las personas del público ni siquiera los miraban, considerándolos como insignificantes comparsas que se perdían en la sombra de aquel jefe desmesurado.

El testimonio más emocionante fue el de la señora Kesselbach. Ante la sorpresa de todos, y hasta del propio Lupin, Dolores, que no había respondido a ninguna de las citaciones del juez y cuyo retiro todos ignoraban, apareció en doliente viuda para aportar un testimonio irrecusable contra el asesino de su marido.

Dolores, después de haber mirado al asesino largo tiempo, dijo sencillamente:

—Es ese quien entró en mi casa de la calle de Vignes, es él quien me secuestró y es él quien me encerró en la cochera del Chamarilero. Yo le reconozco.

—¿Lo afirma usted?

—Lo juro ante Dios y ante los hombres.

Al día siguiente, Louis de Malreich, alias *Léon Massier*, era condenado a muerte. Y su personalidad, cabría decir, absorbía de tal manera la de sus cómplices, que estos se beneficiaron de circunstancias atenuantes.

—Louis de Malreich, ¿no tiene usted nada que alegar? —preguntó el presidente del tribunal.

No respondió.

Una sola cuestión se mantenía oscura a los ojos de Lupin. ¿Por qué Malreich había cometido todos aquellos crímenes? ¿Qué pretendía? ¿Cuál era su objetivo?

Pero Lupin no tardaría en averiguarlo y estaba cerca el día en que, sacudido por el horror, lleno de desesperación, afectado mortalmente, se enteraría de la espantosa verdad.

Por el momento, y sin que la idea cesara por ello de obsesionarle, dejó de ocuparse del asunto Malreich. Resuelto a rehacer su vida, cual él decía, y, por otra parte, tranquilizado ya sobre la suerte de la señora Kesselbach y de Geneviève, cuya pacífica existencia él seguía desde lejos, en suma, tenido al corriente de todo por Jean Doudeville, a quien había enviado a Veldenz, en lo que se relacionaba con todas las negociaciones que se llevaban a cabo entre la corte de Alemania y la regencia de Deux-Ponts-Veldenz, Lupin empleaba por su parte todo el tiempo en liquidar el pasado y preparar el futuro.

La idea de la vida diferente que aspiraba a llevar a los ojos de la señora Kesselbach le agitaba con ambiciones nuevas y sentimientos imprevistos, en los que la imagen de Dolores aparecía entremezclada, sin que él se diese cuenta exactamente.

En unas semanas suprimió todas las pruebas que algún día pudieran comprometerle, todas las huellas que hubieran podido llevar hasta él. Entregó a cada uno de sus antiguos compañeros una suma de dinero suficiente para ponerlos al abrigo de la necesidad, y les dijo adiós a todos, anunciándoles que partía con destino a América del Sur.

Una mañana, después de una noche de reflexionar y meditar minuciosamente, y de realizar un estudio profundo de la situación, se dijo:

«Se acabó. Ya no hay nada que temer. El viejo Lupin ha muerto. Paso al nuevo.»

Le trajeron un telegrama de Alemania. Era el desenlace esperado. El Consejo de Regencia, altamente influido por la corte de Berlín, había sometido la cuestión a unas elecciones en el gran ducado, y los electores, influidos a su vez por el Consejo de Regencia, habían afirmado su lealtad inquebrantable a la antigua dinastía de los Veldenz. El conde Waldemar, así como tres delegados de la nobleza, de las fuerzas armadas y de la magistratura, quedaron encargados a acudir al castillo de Bruggen, comprobar rigurosamente la identidad del gran duque Hermann IV y tomar, de acuerdo con su alteza, todas las disposiciones relativas a su entrada triunfal en el principado de sus padres, entrada que tendría lugar a principios del siguiente mes.

«Esta vez ya está —se dijo Lupin—. El gran proyecto del señor Kesselbach va a convertirse en realidad. Ya no queda más que hacer que avalar a mi Pierre Leduc ante Waldemar. Es un juego de niños. Mañana se publicarán las amonestaciones de Geneviève y de Pierre. Y será la prometida del gran duque la que será presentada a Waldemar.»

Completamente feliz salió en automóvil para el castillo de Bruggen. Acomodado en el automóvil, cantaba, silbaba y le hacía preguntas al chófer.

—Octave, ¿sabes a quién tienes el honor de conducir? Al amo del mundo… sí, amigo mío, ya veo que eso te sorprende. Pues bien: esa es la verdad. Yo soy el amo del mundo.

Se frotó las manos, y, cual si monologara, prosiguió:

—A pesar de todo, resultó largo y difícil. Hace ya un año que la lucha comenzó. Cierto es que esta fue la lucha más formidable que he sostenido jamás… ¡Diablos, qué guerra de gigantes!…

Y luego repitió:

—Pero esta vez ya está. Los enemigos se han hundido. Ya no existen obstáculos entre mi objetivo y yo. El terreno está libre de dificultades. Construyamos. Tengo los materiales a mano, tengo los obreros… construyamos, Lupin. Y que el palacio construido sea digno de ti.

Hizo detener el coche a unos centenares de metros del castillo, para que su llegada resultase más discreta, y le dijo a Octave:

—Tú entrarás de aquí a veinte minutos, a las cuatro, e irás a depositar mis maletas en el pequeño chalet que se encuentra al extremo del parque. Es allí donde viviré.

Al llegar a la primera vuelta del camino apareció el castillo a lo lejos, al final de una avenida sombreada de tilos. En la distancia, bajo el pórtico, divisó a Geneviève.

Su corazón se emocionó dulcemente.

«Geneviève, Geneviève —dijo con ternura—. Geneviève... la promesa que le hice a tu madre agonizante se ha realizado... Geneviève, gran duquesa... y yo, la sombra, cerca de ella, velando por su felicidad y prosiguiendo las grandes combinaciones de Lupin.»

Rompió a reír, saltó detrás de un grupo de árboles que se erguían a la izquierda de la avenida y apresuró el paso a lo largo de espesos macizos. De este modo llegó al castillo sin que nadie pudiera verle desde las ventanas del salón o de las principales habitaciones.

Su deseo era ver a Dolores antes que esta le viese a él, y, lo mismo que había hecho con Geneviève, pronunció el nombre de Dolores varias veces, pero con una emoción que a él mismo le sorprendía.

—Dolores... Dolores.

Furtivamente, siguió por los pasillos y llegó al comedor. Desde este, a través de una puerta de cristales, podía visitar la mitad del salón. Se acercó.

Dolores estaba tendida sobre una otomana, y Pierre Leduc, de rodillas ante ella, la contemplaba con aire extasiado.

8

El mapa de Europa

I

¡*P*ierre Leduc amaba a Dolores!

Para Lupin constituyó un dolor profundo, agudo, cual si hubiera sido herido en la propia entraña de su vida… Un dolor tan fuerte, que experimentó —y esto por primera vez— la visión clara de lo que Dolores había venido a ser para él, poco a poco y sin que tuviera conciencia de ello.

Pierre Leduc amaba a Dolores y la miraba como se mira a aquella a quien se ama.

Lupin sintió en sí, cegado, enloquecido, el instinto del asesino. Aquella mirada… aquella mirada de amor que se posaba sobre la joven viuda… aquella mirada le enfurecía. Tenía la impresión del gran silencio que envolvía a la mujer y al joven, y en ese silencio, en la inmovilidad de las actitudes, lo único viviente era esa mirada de amor, aquel himno mudo y voluptuoso mediante el cual sus ojos proclamaban toda la pasión, todo el deseo, todo el entusiasmo, todo el impulso de un ser hacia otro.

Y veía también a la señora Kesselbach. Los ojos de Dolores estaban invisibles bajo sus párpados cerrados, aquellos párpados alegres, con largas pestañas. Pero ¡cómo sentía ella la mirada de amor que buscaba la suya! ¡Cómo se estremecía bajo la caricia impalpable!

«Ella le ama… ella le ama», se dijo Lupin, abrasado de celos.

Y cuando vio a Pierre Leduc haciendo un ademán, pensó:

«¡Oh!, si ese miserable se atreve a tocarla, le mato».

Y pensaba, a la par que comprobaba los desvaríos de su razón y tratando de combatirlos:

«¡Qué estúpido soy! ¡Cómo te dejas arrastrar, Lupin!… Veamos, es completamente natural que si ella le ama… Sí, evidentemente, habías creído adivinar en ella una cierta emoción al hallarse a tu lado… Una cierta turbación… Idiota, pero tú no eres más que un bandido, un ladrón… mientras que él es duque, es joven…»

Pierre Leduc permanecía inmóvil. Pero sus labios se movían y pareció como si Dolores se despertara. Suavemente, lentamente, ella alzó los párpados, volvió un poco la cabeza y sus ojos se entregaron a los del joven, con esa mirada que se ofrece y que se entrega y que es más profunda que el más profundo de los besos.

Fue algo súbito, brusco y repentino, como un rayo. En tres saltos, Lupin cruzó el salón, se lanzó sobre el joven, le derribó al suelo, y poniendo una rodilla sobre el pecho de su rival, irguiéndose ante la señora Kesselbach, gritó fuera de sí:

—Pero ¿no lo sabe usted? ¿No se lo ha dicho este canalla?… ¿Y usted le ama? ¿Acaso tiene una cabeza de gran duque? ¡Ah, qué gracia tiene esto!

Enfurecido, sarcástico, mientras Dolores le miraba con estupor, añadió:

—¡Un gran duque él! ¡Hermann IV de Deux-Ponts-Veldenz! ¡Príncipe reinante! ¡Gran elector! ¡Es para morirse de risa! ¡Él! Pero si se llama Beaupré, Gerard Beaupré, el último de los vagabundos... Un mendigo al que recogí del fango. ¿Gran duque? Pero si fui yo quien le hizo gran duque. ¡Ah, ah, qué cosa tan divertida!... Si usted le hubiera visto cortarse el dedo meñique... se desvaneció tres veces... era una gallina mojada... ¡Ah!, y tú te permites poner los ojos sobre las damas... y rebelarte contra el amor... Espera un poco, gran duque de, Deux-Ponts-Veldenz.

Lupin le levantó en sus brazos como un fardo, le balanceó unos momentos en el aire y le arrojó por la ventana abierta.

—Cuidado con los rosales, gran duque... tienen espinas.

Cuando se volvió, Dolores estaba junto a él y le miraba con ojos que él no le había visto nunca... los ojos de una mujer que odia y a quien la cólera ha exasperado. ¿Era posible que esta fuese Dolores, la débil y enfermiza Dolores?

Ella balbució:

—¿Qué es lo que hace usted?... ¿Cómo se atreve?... ¿Y él?... Entonces, ¿es verdad?... ¿Él me ha mentido?

—¿Que si él ha mentido? —exclamó Lupin, comprendiendo en ella la humillación femenina—. ¿Que si él ha mentido? ¡El gran duque! No es más que un polichinela cuyos hilos manejaba yo, un instrumento al que yo manejaba para representar escenas creadas por mi fantasía. ¡Ah, ese imbécil, ese imbécil!

Dominado por la rabia, golpeaba con el pie sobre el suelo y amenazaba con el puño hacia la ventana abierta. Se puso a caminar de un extremo a otro de la estancia lanzando frases en las que estallaba la violencia de sus pensamientos secretos.

—¡Ese imbécil! ¿No ha podido ver lo que yo esperaba de él? ¿Acaso no ha adivinado la grandeza de su papel? ¡Ah, ese papel se le meterá a la fuerza en la cabeza! ¡Levanta la cabeza, cretino! Serás gran duque por mi voluntad. Y príncipe reinante con una lista civil y unos sujetos para esquilarlos, y un palacio que Carlomagno te reconstruirá, y un amo que seré yo, Lupin. ¿Comprendes, desventurado? Levanta la cabeza, maldito, levántala más alto. Mira al cielo, recuerda que uno de los Deux-Ponts fue colgado por robo, incluso antes que se hablase siquiera de los Hohenzollern. Y tú eres un Deux-Ponts, y no uno de los inferiores; yo estoy aquí, yo, Lupin. Y tú serás gran duque, yo te lo digo. ¿Un gran duque de cartón? Sea, pero un gran duque, a pesar de todo, animado por mi soplo y quemado por mi fiebre. ¿Un fantoche? Sea, pero un fantoche que dirá mis palabras, que hará mis gestos, que ejecutará mi voluntad, que realizará mis sueños... ¡Sí... mis sueños!

Ahora ya no accionaba, permanecía inmóvil, como dominado por la magnificencia de sus sueños íntimos.

Luego se acercó a Dolores, y con voz sorda, con una especie de exaltación mística, exclamó:

—A mi izquierda, Alsacia y Lorena... A mi derecha, Bade, Wurtemberg, Baviera... Alemania del Sur, todos esos estados mal soldados, descontentos, aplastados bajo la bota del Carlomagno prusiano, pero inquietos, dispuestos a liberarse... ¿Comprende usted lo que un hombre como yo puede hacer en medio de todo esto, todo lo que puede despertar en aspiraciones, todo lo que puede soplar en odio, todo lo que puede provocar revueltas y cóleras?

Y en voz más baja repitió:

—Y a la izquierda, Alsacia y Lorena... ¿Comprende usted? Esos... esos sueños... Pero es la realidad de mañana, de pasado mañana. Sí... yo lo quiero, yo lo quiero... ¡Oh, todo lo que yo quiero y todo lo que yo haré es inaudito!... Piense usted, a dos pasos de la frontera de Alsacia, en plena tierra alemana, cerca del viejo Rin. Bastará un poco de intriga, un poco de genio, para revolucionar al mundo. El genio yo lo tengo... me sobra talento hasta para venderlo... Y yo seré el amo. Seré quien dirija. Para el otro, para el fantoche, el título y los honores… Para mí, el poder. Yo permaneceré en la sombra. Nada de cargos: ni ministro, ni siquiera chambelán. Nada. Seré uno de los servidores de palacio, quizá el jardinero… ¡Oh, qué formidable vida el cultivar flores y cambiar el mapa de Europa!

Dolores le contemplaba ávidamente, dominada y sometida por la fuerza de aquel hombre. Sus ojos expresaban una admiración que ella no intentaba disimular.

Lupin colocó las manos sobre los hombros de ella, y le dijo:

—He ahí mi sueño. Por grande que sea, será desbordado por los hechos, os lo juro. El káiser ya ha visto lo que yo valía. Un día me encontrará acampado ante él y cara a cara. Tengo todos los triunfos en la mano. Valenglay se pondrá de mi parte… Inglaterra también… La partida está jugada… He ahí mis sueños… Y hay otro más…

Se calló súbitamente. Dolores no apartaba de él su mirada y una emoción infinita transfiguraba su rostro.

Una inmensa alegría invadió a Lupin al sentir una vez más, y tan claramente, la turbación de aquella mujer ante él. Lupin ya no tenía impresión de ser para ella… lo que en realidad era, un ladrón, un bandido, sino un hombre, un hombre que amaba y cuyo amor provocaba sentimientos inexpresados en el fondo de un alma amiga.

Entonces ya no habló, pero, sin que sus labios las pronunciaran, le dijo todas las palabras de ternura y de adoración… mientras soñaba en la vida que juntos podrían llevar no lejos de Veldenz, en el anonimato, pero todopoderoso.

Los unía un largo silencio. Luego ella se levantó, y suavemente le ordenó:

—Marchaos, os suplico que os marchéis… Pierre se casará con Geneviève, os lo prometo, pero es mejor que os marchéis… Que no permanezcáis aquí… Marchaos, Pierre se casará con Geneviève.

Lupin esperó unos instantes. Acaso esperaba y deseaba palabras más precisas, pero no se atrevió a preguntar nada. Y se retiró deslumbrado, embriagado y feliz de obedecer y de unir su destino al de ella.

Cuando se dirigía hacia la puerta, Lupin encontró una silla baja que tuvo que apartar. Pero al hacerlo su pie tropezó con algo que llamó su atención. Inclinó la cabeza para ver. Era un pequeño espejo de bolsillo, de ébano, con monograma de oro.

Lupin se estremeció y vivamente recogió el objeto.

El monograma se componía de dos letras entrelazadas, una «L» y una «M».

¡Una «L» y una «M»!

—Louis de Malreich —dijo Lupin, estremeciéndose.

Se volvió hacia Dolores.

—¿De dónde viene este espejo? ¿De quién es? Sería muy importante que…

Dolores echó mano a aquel objeto y lo examinó.

—No lo sé… Jamás lo había visto… Quizá sea de algún criado.

—De un criado, en efecto —dijo él—, pero es muy extraño… Hay en esto una coincidencia…

En ese momento, Geneviève entró por la puerta del salón y, sin ver a Lupin, a quien ocultaba un biombo, exclamó de pronto:

—Mire su espejo, Dolores… ¿Al fin lo encontró?… Y tanto tiempo como llevo buscándolo… ¿Dónde estaba?

La muchacha se marchó, diciendo:

—Bueno, tanto mejor… Pero qué inquieta estaba usted… Voy a avisar inmediatamente para que ya no lo busquen más.

Lupin no se había movido. Estaba confuso y trataba en vano de comprender. ¿Por qué Dolores no había dicho la verdad? ¿Por qué no se había explicado en relación con aquel espejo?

Se le ocurrió una idea, y dijo un poco al azar.

—¿Conocía usted a Louis de Malreich?

—Sí —respondió ella, observando a Lupin y cual si se esforzara por adivinar los pensamientos que le asediaban.

Lupin se precipitó hacia ella en extremo agitado.

—¿Usted le conocía? ¿Quién era? ¿Qué es esto? ¿Y por qué no dijo usted nada? ¿Dónde le conoció usted? Hable... responda... se lo suplico...

—No —respondió ella.

—Pero es preciso... es preciso... piense usted... Louis de Malreich, el asesino, el monstruo... ¿por qué no dijo usted nada?

Ella, a su vez, puso sus manos sobre los hombros de Lupin y declaró con voz muy firme:

—Escuche, no me interrogue nunca, porque nunca lo diré... Es un secreto que morirá conmigo... Ocurra lo que ocurra, nadie lo sabrá, nadie en el mundo, lo juro...

II

Durante algunos minutos Lupin permaneció ante ella, ansioso, con la mente trastornada.

Recordaba el silencio de Steinweg y el terror que experimentó el anciano cuando le había pedido que le revelase el terrible secreto. Dolores lo sabía también... y ella también callaba.

Sin decir una sola palabra, Lupin abandonó la estancia.

El aire libre, el espacio abierto, le hicieron bien. Pasó más allá de los muros del parque y erró durante largo tiempo por los campos. Hablaba en voz alta y decía:

—¿Qué ocurre? ¿Qué es lo que hay? Hace meses y meses que al propio tiempo que lucho y actúo, hago bailar al extremo de sus hilos a todos los personajes que deben contribuir a la ejecución de mis proyectos; y, durante ese tiempo, olvidé completamente el inclinarme sobre ellos y observar lo que se agita en su corazón y en su cerebro. No conozco a Pierre Leduc, no conozco a Geneviève, no conozco a Dolores... Y los he tratado como muñecos, cuando en realidad son personajes vivientes. Y ahora tropiezo con obstáculos...

Golpeó el suelo con el pie y exclamó:

—Con obstáculos que no existen. El estado de alma de Geneviève y de Pierre no me importa... ya estudiaré eso más tarde, en Veldenz, cuando yo haya hecho su felicidad. Pero Dolores... Ella conoce a Malreich y, sin embargo, no ha dicho nada... ¿Por qué? ¿Qué relaciones los unen? ¿Tiene ella miedo de él? ¿Tiene ella miedo de que él se fugue y corra a vengarse de una indiscreción?

Cuando llegó al coche, Lupin regresó al chalet que había reservado para sí en el fondo del parque, cenó de muy mal humor, echando maldiciones contra Octave que le servía unas veces demasiado lentamente y otras veces demasiado de prisa.

—Ya tengo bastante, déjame solo... Hoy no haces más que tonterías... ¿Y este café?... Es indecente...

Arrojó la taza aún medio llena, y después, durante dos horas, se paseó por el parque rumiando las mismas ideas. Al fin, en su mente se precisó una idea:

«Malreich se ha escapado de la prisión y está aterrorizando a la señora Kesselbach... Él sabe ya por ella el incidente del espejo...» Lupin se encogió de hombros, y se dijo:

«Y esta noche él va a venir a tirarte de los pies. Vamos, estoy diciendo desatinos. Lo mejor es que me acueste.»

Regresó a su habitación y se acostó. Inmediatamente se durmió con pesado sueño, agitado por pesadillas. Dos veces se despertó e intentó encender la lámpara, pero las dos volvió a caer dormido, como narcotizado.

Sin embargo, oyó sonar las campanadas de las horas en el reloj de la aldea… o más bien creyó oírlas, pues estaba hundido en una especie de estupor en el que le parecía conservar todo su espíritu.

Se sintió alucinado por sueños de angustia y de espanto. Claramente escuchó el ruido de su ventana que se abría. Y claramente también, a través de sus párpados cerrados, a través de las espesas sombras, vio una forma que avanzaba.

Y esa forma se inclinó sobre él.

Tuvo la energía increíble de levantar los párpados y mirar… o cuando menos así se lo imaginó. ¿Soñaba? ¿Estaba despierto? Se preguntaba esto con desesperación.

Todavía otro ruido… A su lado, alguien tomaba la caja de cerillas.

«Voy a ver de una vez», dijo con una gran alegría.

Se oyó el crujido de una cerilla. La vela quedó encendida.

De la cabeza a los pies, Lupin sintió que el sudor brotaba de su piel, al propio tiempo que su corazón dejaba de latir, inmovilizado por el espanto. El hombre estaba allí.

¿Era posible? No, no… Y, sin embargo, él veía… ¡Oh, qué aterrador espectáculo!… El hombre, el monstruo, estaba allí.

«No quiero… no quiero…», balbució Lupin, enloquecido.

El hombre, el monstruo, estaba allí, vestido de negro, con una máscara sobre el rostro, y el sombrero blando ocultando sus cabellos rubios.

«¡Oh, yo sueño… sueño! —dijo Lupin, riendo—. Es una pesadilla…» Con todas sus fuerzas, imponiéndose toda su voluntad, intentó hacer un ademán, uno solo, que alejara al fantasma.

Pero no lo logró.

Y de pronto recordó: la taza de café, el sabor de aquel brebaje... semejante al gusto del café que había tomado en Veldenz. Lanzó un grito, hizo un último esfuerzo y volvió a caer agotado.

Pero en su delirio sentía que el hombre soltaba el cuello de su camisa, ponía al desnudo su garganta y alzaba el brazo... Y vio que su mano se crispaba sobre el mango de un puñal... Un pequeño puñal de acero, semejante a aquel que había matado al señor Kesselbach, a Chapman, a Altenheim y a tantos otros.

III

Unas horas más tarde, Lupin se despertó agotado por la fatiga y con un amargo sabor de boca.

Permaneció quieto durante algunos minutos, poniendo en orden sus ideas, y de pronto, recordando, hizo un movimiento instintivo de defensa, como si alguien le atacara.

«¡Qué imbécil soy! —exclamó, saltando de la cama—. Es una pesadilla, una alucinación. Basta con reflexionar. Si fuera él, si verdaderamente fuera un hombre de carne y hueso el que esta noche levantó el brazo contra mí, me hubiera degollado como a un pollo. Ese no titubea. Seamos lógicos. ¿Por qué me hubiera perdonado? ¿Por mis lindos ojos? No, he soñado, eso es todo...»

Se puso a silbar en tono bajo y se vistió, afectando la mayor calma, pero su espíritu no cesaba de batallar y sus ojos buscaban...

En el suelo, en el reborde de la ventana, no había huella alguna. Como su habitación se encontraba en la planta baja y él dormía con la ventana abierta, sería evidente que el agresor hubiera penetrado por allí.

No descubrió nada, así como tampoco no encontró señal alguna al pie del muro exterior, ni sobre la arena del paseo que bordeaba el chalé.

«Sin… embargo, sin embargo…», repetía Lupin entre dientes. Llamó a Octave.

—¿Dónde preparaste el café que me diste anoche?

—En el castillo, jefe, como todo lo demás. Aquí no hay cocina.

—¿Y tú tomaste de ese café?

—No.

—¿Tiraste el que quedaba en la cafetera?

—Caramba, sí, jefe. Usted lo encontró muy malo. Solo tomó unos sorbos.

—Está bien. Prepara el coche. Vamos a salir.

Lupin no era hombre capaz de permanecer mucho tiempo en estado de duda. Quería una explicación decisiva con Dolores. Pero para esto necesitaba, ante todo, aclarar ciertos puntos que le parecían oscuros y ver a Doudeville, que desde Veldenz le había enviado informes bastante extraños.

Se hizo conducir directamente al gran ducado, adonde llegaron a eso de las dos de la tarde. Celebró una entrevista con el conde Waldemar, a quien pidió, con un pretexto cualquiera, que retrasara el viaje a Bruggen de los delegados de la regencia. Luego fue a ver a Jean Doudeville en una taberna de Veldenz.

Doudeville le llevó entonces a otra taberna donde le presentó a un señor de baja estatura y bastante pobremente vestido: *Herr* Stockli, empleado en los archivos del registro civil.

La conversación fue larga. Salieron juntos los tres y pasaron disimuladamente por las oficinas del Ayuntamiento. A las siete, Lupin cenó y emprendió viaje de nuevo. A las diez llegó al castillo de Bruggen y preguntó por Geneviève, a fin de penetrar en compañía de ella en la habitación de la señora Kesselbach.

Le dijeron que la señorita Ernemont había sido llamada a París por un telegrama de su abuela.

—Está bien —dijo Lupin—. Pero ¿puedo ver a la señora Kesselbach?

—La señora se retiró a su habitación, inmediatamente después de cenar. Debe de estar durmiendo.

—No, he visto luz en su gabinete. Ella me recibirá.

En realidad, apenas esperó la respuesta de la señora Kesselbach. Entró inmediatamente detrás de la sirvienta en el gabinete de Dolores y despidió a aquella.

—Tengo que hablar con usted, señora, es urgente… Perdóneme… Confieso que puedo parecerle a usted inoportuno… No obstante, usted lo comprenderá, estoy seguro.

Lupin estaba muy excitado y no parecía en modo alguno dispuesto a aplazar la explicación, tanto más cuanto que, antes de entrar, le había parecido percibir ruido.

Sin embargo, Dolores estaba sola y tendida en una otomana. Dolores le dijo con voz cansada:

—Quizá hubiéramos podido… mañana…

Lupin no respondió, sorprendido de pronto por un olor que le llamaba la atención en el gabinete de Dolores… Un olor a tabaco. Inmediatamente tuvo la intuición, la certidumbre, de que un hombre se encontraba allí en el mismo momento en que él llegó. Y que ese hombre continuaba cerca de ellos, oculto en alguna parte…

¿Pierre Leduc? No. Pierre Leduc no fumaba. Entonces, ¿quién? Dolores murmuró:

—Acabemos, se lo ruego.

—Sí, sí, pero ante todo… ¿Le sería a usted posible decirme…?

Se detuvo. ¿De qué serviría interrogarla? Si había allí, verdaderamente, un hombre oculto, ¿lo denunciaría ella?

Entonces, Lupin se decidió, y tratando de dominar aquella especie de temor molesto que le oprimía al presentir la presencia de un extraño, dijo en voz baja, de modo que solamente Dolores le oyera:

—Escuche usted, he sabido una cosa... que no comprendo... y que me turba profundamente. Es preciso que usted me responda, Dolores.

Pronunció el nombre de ella con una gran dulzura, cual si intentara dominarla por la amistad y la ternura de su voz.

—¿De qué se trata? —dijo ella.

—En el registro civil de Veldenz hay tres nombres que corresponden a los nombres de los últimos descendientes de la familia Malreich, establecida en Alemania.

—Sí, usted ya me contó eso...

—Como usted recordará, primero está Raoul de Malreich, más conocido bajo el apodo de *Altenheim*, el bandido, el apache del gran mundo... ahora muerto... asesinado.

—Sí.

—Seguidamente, figura el de Louis de Malreich, el monstruo, el espantoso asesino que dentro de unos días será guillotinado.

—Sí.

—Y luego, por último, Isilda, la loca...

—Sí.

—Todo eso, por tanto, está bien comprobado, ¿no es así?

—Sí.

—Pues bien —continuó Lupin, inclinándose más sobre ella—: conforme a una investigación que acabo de realizar, resulta que el segundo de los tres nombres, Louis, o, más bien, la parte de la línea en la cual está escrito, fue hace tiempo objeto de raspaduras. La línea aparece con una escritura nueva, hecha encima y con una tinta mucho más reciente, pero que no logró borrar por entero lo que había escrito debajo. De modo que...

—¿De modo que…? —dijo la señora Kesselbach en voz baja.

—Pues que, con una buena lupa, y sobre todo por medio de procedimientos especiales de que dispongo, hice resurgir algunas de las sílabas borradas y, sin error alguno y con toda certidumbre, conseguí reconstruir lo que había sido escrito primeramente. Y entonces lo que allí aparece no es el nombre de Louis de Malreich, sino…

—¡Oh!, calle usted, calle usted…

Súbitamente, agobiada por el excesivo esfuerzo de resistencia que Dolores hacía, se encogió y con la cabeza entre las manos y con los hombros sacudidos por convulsiones, rompió a llorar.

Lupin miró largo tiempo a aquella criatura, imagen de la divinidad, tan digna de lástima y tan desamparada. Y sintió impulsos de callarse, de suspender el torturante interrogatorio que le infligía.

Pero ¿acaso no procedía él así para salvarla? Y para salvarla, ¿no era necesario que él supiese la verdad, por dolorosa que resultase? Prosiguió:

—¿Y por qué esa falsedad?

—Es mi marido —balbució ella—. Fue él quien hizo eso. Con su fortuna, él lo podía todo, y antes de nuestro matrimonio consiguió de un empleado subalterno que este cambiara en los libros de registro el nombre del segundo hijo de la familia.

—Que cambiara el nombre y el sexo —dijo Lupin.

—Sí —confirmó ella.

—Así pues —continuó él—, yo no me había equivocado: el antiguo nombre, el verdadero, era Dolores. Pero ¿por qué su marido…?

Dolores, con las mejillas bañadas por el llanto, llena de vergüenza, murmuró:

—¿No lo comprende usted?

—No.

—Pero piense usted —dijo ella, temblorosa— que yo era la hermana de Isilda la loca, la hermana de Altenheim el bandido. Mi marido, o, más bien dicho, mi prometido, no quiso que yo continuara siéndolo. Él me amaba. Y yo también le amaba y consentí en ello. Mandó suprimir en los libros de registro el acta de Dolores de Malreich y me compró documentos nuevos, otra personalidad, otra acta de nacimiento, y me casé en Holanda bajo otro nombre de soltera, el de Dolores Amonti.

Lupin reflexionó por unos momentos, y dijo, pensativo.

—Sí… sí… comprendo. Pero entonces Louis de Malreich no existe, el asesino de su marido, el asesino de su hermana y el de su hermano no se llama así… su nombre…

Dolores se irguió, respondiendo vivamente:

—Sí, su nombre es ese, se llama así… A pesar de todo, ese es su nombre… Louis de Malreich… «L» y «M»… recuérdelo usted… no investigue más… Es un terrible secreto, y además, ¡qué importa…! El culpable está allá… Él es el culpable… Yo se lo dije. ¿Acaso se defendió cuando yo le acusé cara a cara? ¿Acaso podía defenderse, lo mismo con ese nombre que con otro? Es él… es él… Él ha matado… Él golpeó con el puñal… El puñal de acero… ¡Ah!, si se pudiera decir todo… Louis de Malreich… Si yo pudiera…

Ella se revolcaba sobre la otomana, presa de una crisis nerviosa, y su mano estaba crispada sobre la de Lupin, el cual escuchó que Dolores tartamudeaba estas palabras mezcladas con otras ininteligibles.

—Protéjame… protéjame… solo usted puede hacerlo… no me abandone, soy tan desgraciada… ¡Ah, qué tortura, qué tortura!… Es un infierno.

Lupin, con su mano libre, le acarició los cabellos y la frente con infinita dulzura, y, a influjo de la caricia, ella se tranquilizó poco a poco.

Luego, Lupin la miró de nuevo largo tiempo, y se preguntó qué podría haber oculto detrás de aquella hermosa y pura frente... ¿Qué secreto atormentaba aquella alma misteriosa? ¿Tenía ella miedo también? Pero ¿de quién? ¿Contra quién suplicaba ella que la protegiese?

De nuevo, Lupin se sintió obsesionado por la imagen del hombre de negro, de aquel Louis de Malreich, enemigo tenebroso e incomprensible, cuyos ataques tenía que contener sin saber de dónde venían y ni siquiera si iban a producirse.

¡Qué importaba que el monstruo estuviese en la prisión vigilado día y noche!... ¿Acaso no sabía Lupin por propia experiencia que hay seres para quienes la prisión no existe y que se liberan de sus cadenas en el minuto fatídico? Y Louis de Malreich era de esos.

Sí, cierto es que había un alguien en la prisión de la Santé, en la celda de los condenados a muerte. Pero ese podía ser un cómplice, o bien otra víctima de Malreich... Mientras él, el propio Malreich, rondaba en torno al castillo de Bruggen, se deslizaba a favor de las sombras como un fantasma invisible, penetraba en el chalé del parque, y, en la alta noche, alzaba su puñal sobre Lupin dormido y paralizado.

Y era Louis de Malreich quien aterrorizaba a Dolores, quien la enloquecía con sus amenazas, quien la tenía prisionera suya por algún secreto temible y la obligaba al silencio y a la sumisión.

Y Lupin imaginaba el plan del enemigo: arrojar a Dolores, desconcertada y temblorosa, en los brazos de Pierre Leduc; suprimirle a él, Lupin, y reinar en su lugar con el poder de un gran duque y los millones de Dolores.

Hipótesis probable, hipótesis segura, que se adaptaba a los acontecimientos y proporcionaba una solución a todos los problemas.

«¿A todos? —objetaba Lupin—. Sí... Pero, entonces, ¿por qué no me mató esta noche en el chalé? No tenía más que querer hacerlo, pero no lo quiso. Un ademán y yo estaría muerto. Ese ademán él no lo hizo. ¿Por qué?»

Dolores abrió los ojos, le vio y sonrió con pálida sonrisa.

—Déjeme usted —suplicó ella.

Lupin se levantó, titubeante. ¿Iría a ver si el enemigo estaba oculto detrás de la cortina o escondido detrás de la ropa colgada en aquel armario?

Ella repitió dulcemente:

—Váyase… voy a dormir…

Lupin se fue.

Ya fuera, se detuvo bajo los árboles que formaban un macizo de sombras delante de la fachada del castillo. Vio luz en el gabinete de Dolores. Luego esa luz pasó al dormitorio. Al cabo de unos minutos se hizo la oscuridad.

Esperó. Si el enemigo estaba allí, ¿saldría acaso del castillo?

Transcurrió una hora… Dos horas… Ningún ruido.

«No hay nada que hacer —pensó Lupin—. O bien él se ha encerrado en algún rincón del castillo… o bien ha salido por una puerta que yo no puedo ver desde aquí… A menos que todo eso sea, por mi parte, la más absurda de las hipótesis…»

Encendió un cigarrillo y regresó hacia el chalé.

Cuando se acercaba, divisó, bastante lejos todavía, una sombra que parecía alejarse.

Permaneció quieto por temor a provocar alarma.

La sombra cruzó una avenida. A la claridad de la luna le pareció reconocer en aquella sombra la silueta negra de Malreich.

Se lanzó tras él.

La sombra huyó y desapareció.

«Vamos —se dijo—. Será mañana. Y esta vez…»

IV

Lupin entró en la habitación de Octave, le despertó y le ordenó:

—Toma el coche. Estarás en París a las seis de la mañana. Vete a ver a Jacobo Doudeville, y le dirás: primero, que me mande noticia del condenado a muerte; segundo, que me envíe, apenas se abran las oficinas de Correos, un telegrama así concebido…

Redactó el telegrama en una hoja de papel, y agregó:

—Tan pronto cumplas tu misión regresarás, pero por aquí y bordeando los muros del parque. Vete, pero es preciso que nadie se dé cuenta de tu ausencia.

Lupin regresó a su habitación, hizo funcionar el resorte de su linterna y comenzó a realizar una minuciosa inspección.

«En efecto, es eso —dijo para sí al cabo de un instante—. Alguien ha venido esta noche aquí mientras yo acechaba debajo de la ventana. Y si ha venido, no tengo duda alguna sobre su intención… Decididamente no me equivocaba… La cosa está que arde… Ahora ya puedo estar seguro de recibir el golpe de puñal.»

Por prudencia tomó un cobertor, escogió un lugar del parque bien aislado y durmió allí bajo las estrellas.

A eso de las once de la mañana se presentó Octave ante él.

—Ya está hecho, jefe. El telegrama fue enviado.

—Muy bien. Y Louis de Malreich, ¿continúa en la prisión?

—Sí, continúa allí. Doudeville pasó frente a su celda ayer noche en la Santé. El carcelero salía de la celda. Habló con él. Malreich continúa siendo el mismo, al parecer: mudo como una estatua. Espera.

—¿Y qué es lo que espera?

—¡Caramba!, la hora fatal. En la prefectura se dice que la ejecución tendrá lugar pasado mañana.

—Tanto mejor, tanto mejor —dijo Lupin—. Lo que está más claro es si se ha evadido o no.

Renunció a comprender e incluso a investigar el enigma, hasta tal punto presentía que toda la verdad iba a serle revelada. No tenía más que preparar su plan a fin de que el enemigo cayera en la trampa.

«O que caiga yo mismo en ella», pensaba, riendo.

Se sentía alegre, con el espíritu libre, y nunca antes se había anunciado para él una batalla con mayores posibilidades.

Desde el castillo un criado le trajo el telegrama que le había ordenado poner a Doudeville, y que el cartero acababa de entregar. Lo abrió y lo guardó en el bolsillo.

Poco antes de mediodía encontró a Pierre Leduc en uno de los paseos del parque, y sin más preámbulo le dijo:

—Te andaba buscando… Hay cosas graves… Es preciso que me respondas francamente. Desde que te encuentras en este castillo, ¿has visto alguna vez a algún otro hombre que no sean los criados alemanes que yo he colocado aquí?

—No.

—Reflexiona bien. No se trata de un visitante cualquiera. Me refiero a un hombre que se ocultaría, cuya presencia tú hubieras comprobado… o incluso que tú hubieras sospechado por algún indicio, por alguna huella.

—No… ¿Es que acaso usted habrá…?

—Sí, aquí se oculta alguien… Alguien ronda por aquí… ¿Dónde? ¿Y quién? ¿Y con qué objeto? Yo no lo sé… pero lo sabré. Ya tengo presunciones. Por tu parte, mantente alerta… Vigila… y, sobre todo, no le digas ni una palabra a la señora Kesselbach… Es inútil inquietarla…

Lupin se fue.

Pierre Leduc, sorprendido, desconcertado, reanudó su camino hacia el castillo.

En el trayecto, sobre el césped, vio un papel azul y lo recogió. Era un telegrama. No se trataba de un papel cualquiera, arrugado, que se arroja sin darle importancia, sino que estaba plegado cuidadosamente… Perdido, sin duda, por alguien.

El telegrama estaba dirigido al señor Meauny, nombre que llevaba Lupin en Bruggen. Contenía estas palabras:

Ya sabemos toda la verdad. Imposible comunicar revelaciones por carta. Tomaré el tren esta noche. Nos veremos mañana a las ocho en la estación de Bruggen.

«Magnífico —se dijo Lupin, que desde un macizo próximo vigilaba los manejos de Pierre Leduc—. Perfecto, de aquí a diez minutos, este joven idiota le habrá enseñado el telegrama a Dolores y le habrá comunicado todas mis inquietudes. Hablarán todo el día y el otro lo oirá; el otro se enterará, porque lo sabe todo, porque vive en la propia sombra de Dolores y porque Dolores está entre sus manos como una presa fascinada… Y esta noche él actuará, por miedo al secreto que deberán revelarme…»

Lupin se alejó canturreando.

«Esta noche… esta noche… se bailará… Esta noche… ¡Qué vals, amigos míos! El vals de la sangre con la música de un pequeño puñal niquelado… En fin, vamos a reírnos.»

En la puerta del pabellón llamó a Octave, subió a su dormitorio, se acostó en la cama y le dijo al chófer:

—Siéntate ahí, Octave, y no te duermas. Tu jefe va a descansar. Vela por él, fiel servidor.

Durmió con excelente sueño.

—Como Napoleón en la mañana de Austerlitz —dijo al despertarse.

Era la hora de la cena. Comió copiosamente, y después, mientras fumaba un cigarrillo, inspeccionó sus armas y cambió las balas de sus dos revólveres.

—«La pólvora seca y la espada afilada», como dice mi amigo el káiser... ¡Octave!

Octave acudió.

—Vete a cenar al castillo con los criados. Anúnciales que te vas esta noche a París en el automóvil.

—¿Con usted, jefe?

—No, solo. Y tan pronto hayas terminado de cenar, partirás, en efecto, ostensiblemente.

—Pero ¿no iré a París?

—No, esperarás fuera del parque, en la carretera, a un kilómetro de distancia... Hasta que yo llegue. Esto va a durar mucho.

Fumó otro cigarrillo, se paseó, pasó delante del castillo, vio luz en las habitaciones de Dolores y luego regresó al chalet.

Allí tomó un libro. Era las *Vidas de hombres ilustres*.

—Aquí falta una, y es la más ilustre —dijo—. Pero el porvenir está ahí, y pondrá las cosas en su punto. Y me pondrán aquí como a Plutarco un día cualquiera.

En el libro leyó la «Vida de César», y anotó al margen de las páginas algunos pensamientos.

A las once y media subió.

Por la ventana abierta se inclinó hacia la noche inmensa, clara y sonora, temblorosa de ruidos confusos. A su mente acudieron recuerdos... Recuerdos de frases de amor que había leído o había oído pronunciar, y repitió varias veces el nombre de Dolores con el fervor de un adolescente que apenas se atreve a confiar al silencio el nombre de su bien amada.

«Vamos, preparémonos», se dijo.

Dejó la ventana entreabierta, apartó un velador que

estorbaba el paso y colocó sus armas debajo de la almohada. Luego, tranquilamente, sin la menor emoción, se metió en la cama completamente vestido y apagó de un soplo la vela.

Y el miedo comenzó.

Fue inmediato. Desde que las sombras le envolvieron, comenzó el miedo.

—¡Maldita sea! —exclamó.

Saltó de la cama, tomó las armas y las arrojó al pasillo.

—Con mis manos solo, con mis manos solo. Nada vale tanto como la presión de mis manos.

Se acostó. De nuevo las sombras y el silencio. Y de nuevo el miedo, el miedo socarrón, lacerante, invasor…

En el reloj de la aldea sonaron doce campanadas…

Lupin pensó en aquel ser inmundo que allí abajo, a cien metros, a cincuenta metros de él, se preparaba, probaba la punta aguda de su puñal.

—Que venga… que venga —murmuraba, tembloroso—. Y los fantasmas se desvanecerán…

En el reloj de la aldea sonó ahora la una.

Y transcurrían los minutos… minutos interminables, minutos de fiebre y angustia… En la raíz de sus cabellos brotaban gotas de sudor que corrían por su frente, y tal le parecía que aquel era un sudor de sangre que le bañaba por entero…

Las dos…

Y entonces, en alguna parte, muy cerca, vibró casi imperceptible un ruido, un ruido de hojas removidas… Un ruido que no era en modo alguno el de las hojas que remueve el viento de la noche…

Cual Lupin había previsto, se produjo en él instantáneamente una inmensa calma. Toda su naturaleza de gran aventurero trepidaba de alegría. Era, al fin, la lucha.

Se oyó otro ruido más claro bajo la ventana, pero todavía débil, al extremo que era preciso poseer el agudo oído de Lupin para percibirlo.

Transcurrían los minutos, minutos espantosos... la sombra era de un negro macizo. No penetraba en ella la claridad de una estrella o de la luna.

De pronto, sin que nada hubiera oído Lupin, este supo que el hombre estaba en la habitación.

El hombre avanzaba hacia el lecho. Avanzaba como un fantasma, sin desplazar el aire de la estancia y sin mover los objetos que tocaba. Pero con todo su instinto, con toda su potencia nerviosa, Lupin veía los ademanes del enemigo e incluso adivinaba la sucesión de sus ideas.

Lupin no se movía, arqueado contra el muro y casi de rodillas, presto a saltar.

Sintió que la sombra crecía, palpaba la ropa de la cama para darse cuenta del punto sobre el que iba a golpear. Lupin escuchó su respiración. Hasta le pareció oír los latidos de su corazón. Y comprobó con orgullo que su propio corazón no latía con más fuerza... en tanto que el corazón del otro... ¡Oh, sí, cómo lo escuchaba!, aquel corazón desordenado, loco, que, como el batiente de una campana, chocaba con las paredes del pecho.

La mano del otro se alzó...

Un segundo, dos segundos...

¿Acaso titubeaba? ¿Iba todavía a dejar vivo a su adversario?

Y en el gran silencio, Lupin dijo:

—Golpea, golpea de una vez.

Se oyó un grito de rabia... El brazo bajó como movido por un resorte.

Luego se oyó un gemido.

Aquel brazo, Lupin lo había cogido al vuelo, sujetándolo a la altura del puño... Y revolcándose fuera del lecho, imponente, irresistible, apresó al hombre por la garganta y lo derribó.

Eso fue todo. No hubo lucha. Ni siquiera podía haber lucha. El hombre yacía en tierra como clavado, atornillado al suelo por dos tornillos de acero que eran las manos de Lupin. No había hombre en el mundo, por fuerte que fuese, que pudiera desprenderse de aquella presa.

Y ni una palabra. Lupin no pronunció ninguna de aquellas palabras que se divertía en decir, de ordinario, con su verbo burlón. No tenía deseos de hablar. Eran unos momentos demasiados solemnes.

No experimentaba ninguna vana alegría, ninguna exaltación gloriosa. En el fondo, no sentía más que un apremio: el saber quién estaba allí… ¿Louis de Malreich, el condenado a muerte? ¿Algún otro? ¿Quién?

Arriesgándose a estrangular a aquel hombre, le apretó la garganta un poco más, otro poco más y un poco más todavía

Y entonces sintió que todas las fuerzas del enemigo, todo cuanto le quedaba de fuerzas, le abandonaban. Los músculos del brazo se aflojaron, quedaron inertes. La mano se abrió y soltó el puñal.

Luego, ya libre de toda amenaza por parte de su adversario, con la vida de este suspendida en la temible garra de sus dedos, sacó su linterna de bolsillo, puso sin apoyarlo su índice sobre el resorte y la acercó a la cara del hombre.

Ya no tenía más que apretar el resorte, que quererlo así, y entonces ya sabría todo.

Durante unos segundos saboreó su poder. Una ola de emoción se alzó dentro de él. Le invadió la visión de su triunfo. Una vez más, y en forma soberbia, heroica, él era el amo.

De un golpe seco hizo la luz. El rostro del monstruo apareció iluminado.

Lupin lanzó un aullido de espanto.

Era Dolores Kesselbach.

9

La mujer que mata

I

En el cerebro de Lupin se desencadenó como un huracán, un ciclón en el que el estrépito del trueno, las oleadas de viento, las ráfagas de elementos enloquecidos, se desencadenan tumultuosamente en una noche de caos.

Grandes relámpagos azotaban las sombras. Y a la luz fulgurante de esos relámpagos, Lupin, desconcertado, sacudido por estremecimientos, convulsionado de horror, veía y trataba de comprender.

No se movía, aferrado a la garganta del enemigo, cual si sus dedos entumecidos no pudieran ya soltar más su presa. Por otra parte, aunque ahora ya supiera, no tenía, por así decir, una impresión exacta de que aquel ser fuese Dolores. Era todavía el hombre de negro, Louis de Malreich, la bestia inmunda de las tinieblas; y esa bestia él la tenía en su poder y no la soltaría

Pero la verdad se lanzaba al asalto de su espíritu y de su conciencia, y vendido, torturado de angustia, murmuró:

—¡Oh, Dolores!... ¡Dolores!...

Inmediatamente comprendió la excusa: la locura

Estaba loca. La hermana de Altenheim, de Isilda, la hija

de los últimos Malreich, la hija de la madre loca y del padre alcoholizado, estaba también loca. Una loca extraña, una loca con toda la apariencia de la razón, pero, no obstante, loca, desequilibrada, enferma, degenerada, verdaderamente monstruosa.

Lo pensó y comprendió así con toda certidumbre. Era la locura del crimen. Bajo la obsesión de un objetivo hacia el cual ella caminaba automáticamente, mataba, ávida de sangre, inconsciente e infernal.

Mataba porque quería algo, mataba para defenderse, mataba para ocultar que había matado. Pero mataba también, y sobre todo, por matar. La asesina satisfacía en sí apetitos súbitos e irresistibles. En ciertos instantes de su vida, en determinadas circunstancias, frente a un ser determinado y convertido súbitamente en adversario, era preciso que su brazo golpeara.

Golpeaba embriagada de rabia, ferozmente, frenéticamente.

Loca extraña, irresponsable de sus asesinatos, y, no obstante, tan lúcida en su ceguera, tan lógica en su desorden mental, tan inteligente en su absurdo. ¡Qué maestría! ¡Qué perseverancia! ¡Qué combinaciones a la par repelentes y admirables!

Y Lupin, con una visión rápida, con una acuidad prodigiosa de su vista, veía la larga serie de aventuras sangrientas y adivinaba los caminos misteriosos que Dolores había seguido.

La veía obsesionada y poseída por el proyecto de su marido, proyecto que evidentemente ella no debía conocer sino en parte. La veía buscando ella también a aquel Pierre Leduc, a quien su marido perseguía, y buscándole para casarse con él y regresar convertida en reina a aquel pequeño reino de Veldenz del cual sus antepasados habían sido expulsados tan ignominiosamente.

La veía en el hotel Palace, en la habitación de su hermano Altenheim, cuando se la suponía en Montecarlo.

La veía durante días y días espiando a su marido, deslizándose junto a los muros, mezclada en las tinieblas, indistinguible e invisible en su disfraz de sombra

Y una noche, ella encontraba al señor Kesselbach encadenado y le golpeaba.

Y por la mañana, a punto de ser denunciada por el ayuda de cámara, ella volvió a golpear.

Y una hora más tarde, a punto de ser denunciada por Chapman, ella le atraía a la habitación de su hermano y le golpeaba.

Y todo ello sin piedad, salvajemente, con una habilidad diabólica.

Y con la misma habilidad, ella se comunicaba por teléfono con sus dos sirvientas, Gertrude y Suzanne, las cuales acababan de llegar de Montecarlo, donde una de ellas había desempeñado el papel de su propia ama. Y Dolores, volviendo a vestir sus ropas femeninas, desprendiéndose de la peluca rubia que la hacía irreconocible, descendía a la planta baja, se reunía a Gertrude en el momento en que esta penetraba en el hotel, y afectaba estar llegando ella misma también y fingiendo ignorar todavía la desgracia que la esperaba.

Actriz incomparable, representaba el papel de esposa cuya existencia ha quedado destrozada. Se la compadecía. Se lloraba por ella. ¿Quién lo hubiera sospechado?

Y entonces comenzó la guerra con él, Lupin; aquella guerra bárbara, aquella guerra inaudita que ella sostuvo alternativamente contra el señor Lenormand y contra el príncipe Sernine, pasando el día en su otomana, enferma y desfalleciente, para luego, por la noche, en pie, correr por los caminos, incansable y aterradora.

Eran las combinaciones infernales. Gertrude y Suzanne,

cómplices aterradas y domadas, le servían una y otra de emisarios, disfrazándose quizá como ella, cual ocurrió el día en que el viejo Steinweg fue secuestrado por el barón Altenheim, en pleno Palacio de Justicia.

Era toda una serie de crímenes. Era Gourel ahogado. Era Altenheim, su hermano, apuñalado. ¡Oh!, y aquella lucha implacable en los subterráneos de la villa de las Glicinas. El trabajo invisible del monstruo en la oscuridad... ¡Cómo aparecía ahora claro todo aquello!...

Y había sido ella quien le había arrancado a Lupin su máscara de príncipe, ella quien le había denunciado, ella quien le había arrojado dentro de la prisión, ella quien había hecho fracasar todos sus planes, gastando millones para ganar la batalla.

Y luego los acontecimientos se precipitaron. Suzanne y Gertrude habían desaparecido... Muertas, sin duda. Steinweg, asesinado. Isilda, la hermana, asesinada.

—¡Oh, qué ignominia, qué horror! —balbució Lupin con un sobresalto de repugnancia y de odio.

Execraba a aquella abominable criatura. Hubiera querido aplastarla, destruirla. Aquellos dos seres, aferrados uno a otro, resultaban desconcertantes, yaciendo inmóviles bajo la palidez del alba que comenzaba a mezclarse a la sombra de la noche.

—¡Dolores!... ¡Dolores!... —murmuró él con desesperación.

Saltó hacia atrás, estremecido de terror y con los ojos desorbitados.

¿Qué? ¿Qué ocurría? ¿Qué era aquella innoble impresión de frío que le producían las manos?

—¡Octave! ¡Octave! —gritó, sin recordar la ausencia del chófer.

¡Auxilio! Necesitaba auxilio. Precisaba que alguien le tranquilizara y ayudara. Temblaba de miedo. ¡Oh!, aquel frío, aquel frío de la muerte que él había sentido. ¿Era posible?... ¿Y entonces? Durante aquellos breves y trágicos minutos, él, con sus dedos crispados, la había...

Violentamente se impuso la voluntad de mirar. Dolores permanecía inmóvil.

Se precipitó hacia ella, se arrodilló y la atrajo contra sí.

Estaba muerta

Permaneció unos instantes entumecido y bajo el efecto de un dolor que parecía irse esfumando. Ya no sufría. Ya no sentía ni furor ni odio, ni sentimiento de ninguna clase... Nada más que un abatimiento estúpido, la sensación de un hombre que ha recibido un mazazo y que ya no sabe si está vivo aún, si piensa, o bien si no será juguete de una pesadilla.

Sin embargo, le parecía que algo de justo acababa de ocurrir, y ni siquiera por un momento pasó por su mente la idea de que había sido él quien había matado. No, no era él. Eso estaba al margen de él y de su voluntad. Era el destino, el inflexible destino, quien había realizado la obra de justicia de suprimir a la bestia dañina.

Allá afuera los pájaros cantaban. La vida se animaba bajo los añosos árboles que la primavera se preparaba para florecer. Y Lupin, despertando de su estupor, sintió poco a poco surgir en sí una compasión indefinible y absurda por aquella miserable mujer... Odiosa, ciertamente, abyecta y veinte veces criminal, pero todavía tan joven y que ya había dejado de ser.

Y pensó luego en las torturas que ella debía de haber sufrido en sus momentos de lucidez, cuando volviendo a ella la razón, desaparecida la locura, tenía la visión siniestra de sus actos.

—Protegedme... soy tan desgraciada —le había suplicado ella.

Era contra de ella misma que pedía que la protegieran,

contra sus instintos de fiera, contra el monstruo que vivía dentro de ella, que la obligaba a matar, a matar siempre.

«¿Siempre?», se dijo Lupin.

Recordó entonces la noche de la entrevista, cuando ella, erguida sobre él, con el puñal alzado sobre el enemigo que desde hacía meses la asediaba, sobre el enemigo infatigable que la había impulsado a todas las fechorías. Y recordó que aquella noche ella no había matado. Sin embargo, le hubiera sido fácil: el enemigo yacía inerte e impotente. De un solo golpe la implacable lucha hubiera terminado. No, ella no había matado, por estar sujeta ella también a sentimientos oscuros de simpatía y admiración hacia aquel que tan a menudo la había dominado.

No, ella no había matado esa vez. Y he aquí que por un capricho verdaderamente desconcertante del destino, era él quien la había matado.

«Yo maté —pensaba él, temblando de pies a cabeza—. Mis manos han suprimido a un ser vivo, y ese ser es Dolores... Dolores... Dolores...»

No cesaba de repetir su nombre, que era de dolor... Y no cesaba de contemplarla, aquella triste cosa inanimada, ahora inofensiva, pobre jirón de carne, sin más conciencia que un puñado de hojarascas o que un pajarillo degollado al borde del camino.

¡Oh, cómo podría él no temblar de compasión, puesto que, uno frente a otro, él era el asesino, él mismo, y ella ya no existía más, ella que era la víctima!

—¡Dolores!... ¡Dolores!... ¡Dolores!...

Le sorprendió el día ya avanzado, sentado cerca de la muerta, recordando y meditando, mientras sus labios articulaban de cuando en cuando las sílabas desoladas: ¡Dolores!... ¡Dolores!...

Pero había que actuar, y, en medio de la debacle de sus ideas, ya no sabía en qué sentido debería proceder y por qué acto comenzar. «Cerrémosle los ojos primero», se dijo.

Completamente vacíos, llenos solo de la nada, aquellos hermosos ojos dorados tenían todavía esa dulzura melancólica que les proporcionaba tanto encanto. ¿Era posible que aquellos ojos hubiesen sido los ojos de un monstruo? A pesar suyo, y enfrentado a la implacable realidad, Lupin no podía, sin embargo, confundir en un solo y único personaje a aquellos seres cuyas imágenes resultaban tan distintas en el fondo de su pensamiento.

Rápidamente se inclinó sobre ella, besó sus alargados párpados y luego cubrió con un velo el pobre rostro convulsionado.

Entonces le pareció que Dolores se hacía más lejana y que, esta vez, el hombre de negro estaba efectivamente allí, al lado de él, con su ropa sombría y su disfraz de asesino.

Se atrevió a tocarla y palpó los vestidos.

En un bolsillo interior había dos carteras. Tomó una de ellas y la abrió.

Primero encontró una carta firmada por Steinweg, el viejo alemán. Contenía estas líneas:

Si muero antes de haber podido revelar el terrible secreto, que se sepa esto: el asesino de mi amigo Kesselbach es su esposa, cuyo verdadero nombre es el de Dolores de Malreich, hermana de Altenheim y hermana de Isilda.

Las iniciales L. M. se refieren a ella. En la intimidad jamás Kesselbach llamaba a su esposa Dolores, que es un nombre de dolor y de luto, sino Letizia, que expresa alegría. L. y M. —Letizia Malreich— eran, en efecto, las iniciales inscritas sobre todos los regalos que él le hacía, cual, por ejemplo, en la cigarrera encontrada en el hotel Palace, y que pertenecía a la señora Kesselbach. Esta había adquirido en sus viajes la costumbre de fumar.

Letizia fue, en efecto, su alegría durante cuatro años; cuatro años de mentiras y de hipocresía, durante los cuales ella preparó la muerte de aquel que la amaba con tanta bondad como confianza.

Quizá yo debiera haber hablado inmediatamente. Pero no tuve el valor de hacerlo, en recuerdo de mi viejo amigo Kesselbach, cuyo nombre ella llevaba.

Y, además, sentí miedo… El día que la desenmascaré en el Palacio de Justicia había leído en sus ojos mi sentencia de muerte.

Mi debilidad, ¿me salvará?

«El también —pensó Lupin—. A él también le mató ella… Él sabía demasiadas cosas… Las iniciales… El nombre de Leticia… La secreta costumbre de fumar…»

Lupin recordó aquella última noche, aquel olor a tabaco en la habitación de ella.

Continuó inspeccionando en la primera cartera.

Había allí trozos de cartas, en lenguaje cifrado, entregados, sin duda, a Dolores por sus cómplices en el curso de sus tenebrosos encuentros… Y había también direcciones escritas en pedazos de papel… Direcciones de costureras o de modistas, pero también de antros y de fondas de dudosa categoría… y también nombres… Veinte, treinta nombres, y nombres extraños, tales como Hèctor el *Carnicero*, Armand de Grenelle, el *Enfermo*…

Pero había también una fotografía que llamó la atención de Lupin. La observó. E inmediatamente, como movido por un resorte, soltando la cartera, corrió fuera de la estancia, fuera del pabellón, y salió al parque.

Había reconocido el retrato de Louis de Malreich, preso en la Santé. Y solamente entonces, solamente en ese instante preciso, recordó: la ejecución debía tener lugar al día siguiente por la mañana.

Y puesto que el hombre de negro, puesto que el asesino no era otro que Dolores, Louis de Malreich se llamaba realmente Léon Massier, y era inocente.

¿Inocente? Mas ¿y las pruebas encontradas en su casa, las cartas del emperador y todo cuanto le acusaba de forma innegable, todas aquellas pruebas irrefutables?

Lupin se detuvo unos momentos, sintiendo la cabeza atormentada.

—¡Oh! —exclamó—. Me vuelvo loco yo también. Pero, sin embargo, hay que actuar... Mañana es cuando le ejecutan... mañana... mañana al amanecer.

Sacó el reloj.

—Son las diez... ¿Cuánto tiempo necesitaré para llegar a París? Tiene que ser muy pronto... Sí, llegaré muy pronto, es preciso... Y a partir de esta noche adoptaré medidas para impedir... Pero ¿qué medidas? ¿Cómo probar la inocencia?... ¿Cómo impedir la ejecución? Bueno, ¡qué importa!... Ya veré lo que hago. ¿Es que acaso no soy yo Lupin?... Vamos...

Salió corriendo, penetró en el castillo, y llamó:

—¡Pierre! ¿Has visto a Pierre Leduc? ¡Ah!, aquí estás... Escucha...

Le llevó a un lado, y con voz entrecortada, pero imperiosa, le dijo:

—Escucha: Dolores ya no está aquí... Sí, un viaje urgente... Emprendió viaje esta noche en mi coche... Yo me marcho también... Guarda silencio. Ni una palabra... Un segundo perdido será irreparable. En cuanto a ti, despedirás a todos los criados sin darles explicaciones. Aquí está el dinero. De aquí a media hora es preciso que el castillo esté vacío. Y que nadie entre aquí hasta mi regreso... Ni tú tampoco, ¿entiendes...? Te prohíbo entrar... Ya te explicaré todo... Se trata de graves razones. Toma, llévate la llave... Me esperarás en la aldea...

Y de nuevo salió corriendo.

Diez minutos después llegó a donde le esperaba Octave.

Saltó dentro del coche.

—¡A París! —ordenó.

II

El viaje fue una verdadera carrera de la muerte.

Lupin, juzgando que Octave no conducía lo bastante rápido, se había puesto al volante… y era una velocidad desorbitada, vertiginosa. Por las carreteras, cruzando las aldeas, por las calles repletas de público de las ciudades, avanzaban a cien kilómetros por hora. La gente, aterrada, aullaba de rabia, pero ya el bólido estaba lejos… Había desaparecido.

—Jefe —balbucía Octave, lívido—, vamos a quedarnos en el camino.

—Tú, quizá, y es posible que también el coche, pero yo llegaré —replicó Lupin.

Tenía la sensación de que no era el coche quien le transportaba a él, sino que era él quien transportaba al coche, y que perforaba el espacio con sus propias fuerzas, con su propia voluntad. Entonces, ¿qué milagro podía impedir que no llegase, puesto que sus fuerzas eran inagotables y que su voluntad no tenía límites?

—Llegaré porque es preciso que llegue —repetía.

Y pensaba en el hombre que iba a morir si no llegaba a tiempo para salvarle… En el misterioso Louis de Malreich, tan desconcertante con su silencio obstinado y rostro hermético. Y en el tumulto del camino, bajo los árboles cuyas ramas producían un ruido de olas furiosas, entre el bullir de sus ideas, Lupin, a pesar de ello, se esforzaba por forjarse una hipótesis. Y la hipótesis fue precisándose poco a poco, lógica, verosímil, segura, se decía Lupin, ahora que ya conocía la espantosa verdad sobre Dolores y que entreveía todos los recursos y todos los propósitos odiosos de aquel espíritu enloquecido.

«Sí, fue ella quien preparó contra Massier la más espantosa de las maquinaciones. ¿Qué quería ella? ¿Casarse con Pierre Leduc, del cual se había hecho amar, y convertirse en la soberana de un pequeño reino del que había sido expulsada? El objetivo era accesible, estaba al alcance de la mano. Había un solo obstáculo... Yo, yo, que desde hacía semanas y semanas, incansablemente, le cerraba el camino. Yo, a quien ella encontraba a su paso después de cada crimen. Yo, de quien ella temía la clarividencia. Yo, que no me rendiría jamás antes de haber descubierto al culpable y recuperado las cartas robadas al emperador... Pues bien: puesto que yo necesitaba un culpable, ese culpable sería Louis de Malreich o, más bien, Léon Massier. ¿Y quién es ese Léon Massier? ¿Le conoció ella antes de su matrimonio? ¿Le amó ella? Esto es probable, pero sin duda, no se sabrá nunca. Lo único que es cierto es que ella habrá sido sorprendida por el parecido en estatura y aspecto, que ella misma podía lograr con Léon Massier, vistiéndose como este con ropa negra y poniéndose una peluca rubia. Esto es, que ella habrá observado la vida extraña de ese hombre solitario, sus andanzas nocturnas, su forma de caminar por las calles y de no despistar a quienes pudieran seguirle. Y fue, como consecuencia de esas observaciones y en previsión de una posible eventualidad, que ella le habrá aconsejado al señor Kesselbach que raspara de los libros del registro civil el nombre de Dolores y lo sustituyera por el nombre de Louis, a fin de que las iniciales fueran exactamente las de Léon Massier. Llegó el momento de actuar, y ella urdió su complot y lo ejecutó. ¿Léon Massier vivía en la calle Delaizement? Entonces ordenó a sus cómplices que se instalaran en la calle paralela. Y fue ella misma quien indicó la dirección del mayordomo Dominique y me puso sobre la pista de los siete bandidos, sabiendo perfectamente que, una vez que yo estuviese sobre esa pista, iría hasta el fin, es decir, más allá de los siete bandidos, hasta llegar a su jefe, hasta el individuo que los vigilaba y los dirigía, hasta el hombre de negro, hasta Léon Massier, hasta Louis de Malreich. Y de hecho llegué primero hasta los siete bandidos. Y entonces, ¿qué ocurriría? O bien yo sería vencido, o bien nos destruiríamos todos unos a otros, conforme ella debió de esperarlo, la noche de la calle Vignes. Y en ambos casos, Dolores quedaría desembarazada de mí. Pero entonces ocurrió esto: fui yo quien capturé a los siete bandidos. Dolores huyó de la calle de Vignes. Volví a encontrarla en la cochera del Chamarilero. Y ella me orientó hacia Léon Massier, es decir, hacia Louis de Malreich. Descubrí cerca de él las cartas del emperador, que ella misma había colocado allí, y yo lo entregué a la justicia, y denuncié la comunicación secreta que ella misma había hecho abrir entre las dos cocheras, y proporcioné todas las pruebas que ella misma había preparado y demostré, con documentos que ella misma había falsificado, que Léon Massier había robado el estado civil de Léon Massier y que este se llamaba, en realidad, Louis de Malreich. Y Louis de Malreich morirá. Y Dolores de Malreich, triunfante al fin, al abrigo de toda sospecha, puesto que el culpable había sido descubierto, libre de su pasado de infamias y de crímenes, muerto su marido, muerto su hermano, muerta su hermana, muertas sus dos sirvientas, muerto Steinweg, liberada por mí de sus cómplices, a quienes yo arrojé atados de pies y manos en poder de Weber, libre ella misma, por último, merced a mí, que hice subir al cadalso al inocente a quien ella sustituía…

Dolores, victoriosa, rica de millones, amada por Pierre Leduc... Dolores sería reina. ¡Ah! —exclamó Lupin fuera de sí—. Este hombre no morirá. Lo juro por mi cabeza que no morirá.»

—Cuidado, jefe —dijo Octave, asustado—. Ya estamos llegando... Estamos en los alrededores... En los arrabales...

—¡Y qué quieres que eso me importe?

—Que vamos a volcar... El suelo está resbaladizo.

—Tanto peor.

—Cuidado... mire allí...

—¿Qué?

—Un tranvía en la curva...

—Que se detenga él.

—Aminore la marcha, jefe.

—Jamás.

—Pero estamos perdidos.

—Pasaremos.

—No, no pasaremos.

—Sí. ¡Ah, maldita sea!...

Un estrépito... exclamaciones, el coche había chocado con el tranvía, y luego, rechazado contra una empalizada, había derribado diez metros de tablas y finalmente se había aplastado contra el ángulo del talud.

—Chófer, ¿está usted libre?

Era Lupin que, tumbado sobre la hierba del talud, llamaba a un taxi.

Se incorporó, vio su coche hecho pedazos y a la multitud que se apresuraba en torno a Octave, y saltó dentro del vehículo de alquiler.

—Al Ministerio del Interior, en la plaza de Beauvau... Veinte francos de propina...

E instalándose dentro del coche y hablando para sí mismo, dijo:

«¡Ah, no, él no morirá... no, mil veces no; no tendré

esa carga sobre mi conciencia. Ya es bastante con haber sido juguete de esa mujer y haber caído en la red como un colegial... Alto ya. Se acabaron los errores. Hice detener a ese desgraciado... Le hice condenar a muerte... Le llevé hasta el propio pie del cadalso... pero no subirá a él... Eso no. Si subiera, no me quedaría más que meterme una bala en la cabeza.»

Se acercaban a la barrera Se inclinó hacia delante, y le dijo al conductor.

—Veinte francos más si no te detienes.

Y frente al fielato gritó:

—¡Servicio de seguridad!

Pasaron.

—Pero no aminores la marcha, maldito —aulló Lupin—. Más rápido... más rápido todavía. ¿Tienes miedo de rozar a las señoras ancianas? Aplástalas de una vez. Yo pago los daños.

En breves minutos llegaron al ministerio de la plaza de Beauvau.

Lupin cruzó a toda prisa el patio y subió los peldaños de la escalera de honor. El antedespacho estaba lleno de gente. Sobre una hoja de papel escribió: «Príncipe Sernine», y empujando a un ujier hacia un rincón le dijo:

—Soy yo, Lupin. No me reconoces, ¿verdad? Fui yo quien te proporcionó este empleo; un buen retiro, ¿eh? Pero ahora tienes que introducirme en el despacho inmediatamente. Vete, presenta la hoja con mi nombre. No te pido más que eso. El presidente te lo agradecerá, puedes estar seguro... Y yo también... Pero anda, idiota. Valenglay me espera...

Diez minutos después, el propio Valenglay asomaba la cabeza por la puerta de su oficina, y ordenaba:

—Que entre «el príncipe».

Lupin se precipitó dentro del despacho, cerró rápidamente la puerta, y, cortándole la palabra al presidente, dijo:

—No, nada de palabras, usted no puede detenerme...
Sería perderse usted mismo y comprometer al emperador...
No... No se trata de eso. He aquí de lo que se trata. Malreich
es inocente. He descubierto al verdadero culpable... Es Do-
lores Kesselbach. Ha muerto... Su cadáver se encuentra allá.
Tengo pruebas irrefutables. No hay duda posible. Es ella...

Se interrumpió. Valenglay parecía no comprender.

—Pero veamos, señor presidente, es preciso salvar a
Malreich... Piense usted... Un error judicial... La cabeza de
un inocente que cae... Dé usted sus órdenes... Que se haga
una información suplementaria... ¿Qué sé yo?... Pero rápido, el tiempo apremia.

Valenglay le miró con atención y luego, acercándose a
una mesa, tomó un diario que le tendió a Lupin, señalándole
con el dedo una información.

Lupin miró con avidez el título y leyó:

> La ejecución del monstruo. Esta mañana, Louis de Mal-
> reich fue ejecutado...

Lupin no terminó de leer. Desconcertado, se dejó caer
sobre una butaca, lanzando un gemido de desesperación.

¿Cuánto tiempo permaneció así? Cuando al fin se encontró en la calle, no se sentía capaz de decir nada. Recordaba
un gran silencio y luego veía a Valenglay inclinado sobre
él y rociándole con agua fría, pero recordaba, sobre todo, la
sorda voz del presidente, que murmuraba:

«Escuche... Es preciso no decir nada de esto. ¿No es así?
Inocente puede ser que lo fuese, no digo lo contrario... Pero
¿de qué serviría el hacer revelaciones sobre él? ¿Para qué
provocar un escándalo? Un error judicial puede traer graves
consecuencias. ¿Vale, acaso, la pena? ¿De qué serviría una
rehabilitación? Ni siquiera fue condenado bajo su verdadero
nombre. Es el nombre de Malreich el que está condenado

al desprecio público… O sea, precisamente, el nombre de la culpable… ¿Entonces?».

Y empujando levemente a Lupin hacia la puerta, le dijo:

«Marchaos… Regresad allá… Haced desaparecer el cadáver… Y que no queden huellas… ¿Eh? Ni siquiera la menor huella de todo este asunto… Cuento con usted… ¿No es así?»

Y Lupin regresó allá. Regresó como un autómata, porque le había sido ordenado proceder así y porque no tenía voluntad propia.

Durante horas esperó en la estación. Maquinalmente comió, tomó su billete para el tren y se instaló en un departamento.

Durmió mal. Le ardía la cabeza. Sufría de pesadillas, y a intervalos experimentaba sensaciones de confusión, luchando por comprender por qué Massier no se había defendido.

«Era un loco… Seguramente… Un semiloco… La había conocido a ella en otro tiempo… Y ella envenenó su vida… Le enloqueció… Entonces más valía morir… ¿Para qué defenderse?»

Así pensaba Lupin.

Pero esa explicación solo le satisfacía a medias y se prometía firmemente que un día u otro lograría esclarecer aquel enigma y saber el papel exacto que Massier había representado en la existencia de Dolores. Pero, de momento, ¿qué importaba? Solo un hecho aparecía claro: la locura de Massier. Y Lupin se repetía con obstinación:

«Era un loco… Ese Massier estaba indudablemente loco. Por lo demás, todos esos Massier constituyen una familia de locos…».

Lupin deliraba, embrollando los nombres y con el cerebro calenturiento.

Pero al bajar del tren en la estación de Bruggen, al recibir el aire fresco de la mañana, su conciencia experimentó un sobresalto. De repente, las cosas adquirían un nuevo aspecto. Exclamó:

—Bueno; tanto peor, después de todo. Él debía haber protestado… Yo no soy responsable de nada… Fue él mismo quien se suicidó… Él no era más que un comparsa en esta aventura… Sucumbió. Lo siento… Pero ¿qué?

La necesidad de actuar le embriagaba de nuevo. Y aunque herido, torturado por aquel crimen del cual se sabía a pesar de todo autor, miraba, no obstante, al futuro. Y se dijo:

«Son accidentes propios de la guerra. No pensemos en ello. Nada se ha perdido. Por el contrario. Dolores era el escollo, pues Pierre Leduc la amaba. Y Dolores ha muerto. Por tanto, Pierre Leduc me pertenece. Y se casará con Geneviève, conforme yo había decidido. Y él reinará. Y yo seré el amo. Y Europa… Europa será mía».

Serenado, se exaltaba, lleno de una confianza súbita, febril, gesticulante, mientras recorría el camino haciendo molinetes con una espada imaginaria… La espada del jefe que quiere, que ordena y que triunfa.

«Lupin, tú serás rey. Tú serás rey, Arsène Lupin.»

En la aldea de Bruggen pidió informes, y se enteró de que Pierre Leduc había almorzado la víspera en la fonda. Después de esto no le habían vuelto a ver.

—¿Cómo es eso? —dijo Lupin—. ¿No durmió aquí?

—No.

—Pero ¿adónde se marchó después del almuerzo?

—Se fue por el camino del castillo.

Lupin echó a andar bastante sorprendido, porque le había ordenado al joven que cerrara las puertas y que no regresara al castillo después de que se marchasen los criados.

Inmediatamente tuvo la prueba de que Pierre le había desobedecido: la puerta de rejas del castillo estaba abierta.

Entró, recorrió el castillo, dio voces llamando a Pierre. Pero no obtuvo respuesta.

De pronto, pensó en el chalé. ¿Quién sabe? Pierre Leduc, bajo los efectos de la pena por aquella a quien amaba, y llevado por la intuición, quizá habría buscado a Dolores por aquel lado. Y el cadáver de Dolores estaba allí.

Lleno de inquietud, Lupin echó a correr.

A primera vista, parecía no haber nadie en el chalé.

—¿Pierre, Pierre? —gritó.

No oyó ruido alguno. Penetró en el vestíbulo y luego en la habitación que él había ocupado.

Se detuvo como clavado al suelo.

Por encima del cadáver de Dolores, con una cuerda al cuello, muerto, pendía Pierre Leduc.

III

Impasible, Lupin se quedó rígido de pies a cabeza. No quería entregarse a un acto de desesperación. No quería pronunciar ni una sola palabra de violencia. Después de los atroces golpes que el destino le asestaba, después de los crímenes y la muerte de Dolores, después de la ejecución de Massier, después de tantas convulsiones y catástrofes, sentía una necesidad absoluta de conservar el dominio completo de sí mismo. De lo contrario, su razón naufragaría…

—¡Idiota! —gritó, apuntando amenazadoramente el puño hacia Pierre Leduc—. Tres veces idiota… ¿Acaso no podías esperar? Antes de diez años hubiéramos recuperado Alsacia y Lorena para Francia.

Para entretenerse buscaba palabras que decir, actitudes que adoptar, pero las ideas se le escapaban y su cerebro parecía al borde de explotar.

—¡Ah, no, no! —exclamaba—. Nada de eso. ¡Lupin también loco! ¡Ah, no! Métete una bala en la cabeza, si eso te divierte… Sea… Y en el fondo no veo otro desenlace posible. Pero Lupin trastornado, eso no. Tiene que acabar gallardamente, en una forma bella.

Caminaba golpeando con el pie sobre el suelo y levantando las rodillas en alto, como hacen ciertos actores para disimular la locura. Y clamaba.

—Fanfarronea, amigo mío, fanfarronea. Los dioses te contemplen. La frente erguida y el pecho erguido, ¡maldita sea! Muñeco de paja. Todo se desploma a tu alrededor… ¿Qué te importa? Es un desastre, ya no hay nada que hacer, un reino al agua, pierdo Europa, el universo se evapora… Bueno, ¿y qué? Ríete, Lupin, o, de lo contrario, te hundes… Ríete. Más fuerte… Magnífico… ¡Dios, qué divertido es esto! Dolores, amiga mía, toma un cigarrillo.

Se agachó sarcástico, tocó el rostro de la muerta, vaciló por unos momentos y cayó desvanecido.

Al cabo de una hora volvió en sí y se levantó. La crisis había terminado, y ya dueño de sí mismo, con los nervios serenados, a la vez serio y taciturno, examinó la situación.

Sentía que había llegado el momento de las decisiones irrevocables. Su existencia había quedado completamente rota, en solo unos días y bajo el asalto de catástrofes imprevistas, atropellándose unas sobre otras en el instante mismo en que había creído seguro su triunfo. ¿Qué iba a hacer? Empezar de nuevo. ¿Reconstruir? Ya no tenía valor para ello. Entonces, ¿qué?

Durante toda la mañana erró por el parque… Paseo trágico durante el cual la situación se le apareció hasta en sus más mínimos detalles… Y poco a poco la idea de la muerte se le imponía con rigor inflexible.

Pero que se matara o que viviera, había, antes que nada, una serie de actos precisos que era necesario realizar. Y esos actos, con su cerebro repentinamente serenado, los veía claramente.

El reloj de la iglesia de la aldea dio las campanadas del ángelus del mediodía.

—Manos a la obra —dijo—. Y sin desfallecimientos.

Regresó al chalé ya tranquilizado, entró, se subió a una banqueta y cortó la cuerda de la que pendía el cadáver de Pierre Leduc.

—¡Pobre diablo! —dijo Lupin—. Tenías que acabar así, con una corbata de cuerda al cuello. Desgraciadamente, no estabas hecho para la grandeza… Yo debía haber previsto esto y no haber ligado mi suerte a un fabricante de rimas.

Registró la ropa del joven y no encontró nada. Pero recordando la otra cartera de Dolores, la tomó del bolsillo de aquella, donde él la había dejado.

Hizo un movimiento de sorpresa. La cartera contenía un paquete de cartas cuyo aspecto le era familiar y en las que reconoció inmediatamente las diversas clases de letra.

—Las cartas del emperador —murmuró Lupin—. Las cartas del viejo canciller… Todo el paquete que recuperé yo mismo en casa de Léon Massier y que le entregué al conde Waldemar… ¿Cómo es esto posible?… ¿Acaso ella volvió a apoderarse, a su vez, de esas cartas quitándoselas al cretino de Waldemar?

Y repentinamente, dándose una palmada en la frente, añadió:

—No, el cretino soy yo. Estas son las verdaderas cartas. Ella las había guardado para imponer su voluntad al emperador en el momento oportuno. Y las otras, las que yo le entregué a Waldemar, eran falsas, evidentemente copiadas por ella, o por un cómplice, y puestas a mi alcance… Y yo caí en el engaño como un tonto. ¡Diablos!, cuando las mujeres se mezclan…

En la cartera no había más que un portarretratos de cartón, con una fotografía. La observó. Era la suya y la de otro personaje.

—Dos fotografías… Massier y yo… Sin duda, aquellos a quienes ella más amaba… porque ella me amaba… Amor extraño, hecho de admiración por el aventurero que soy yo, por el hombre que demolía por sí solo a los siete bandidos a quienes ella había encargado de liquidarme. Amor extraño, que yo sentí palpitar en ella el otro día, cuando ella tuvo la idea de sacrificar a Pierre Leduc y de someter su sueño al mío. Si no hubiera ocurrido el incidente del espejo, ella se hubiera sometido. Pero ella tuvo miedo. Yo había tocado la verdad. Para salvarse, ella precisaba que yo muriese, y así lo decidió. Sin embargo, ella me amaba… Sí, ella me amaba, lo mismo que me han amado otras… Otras a quienes les traje también la desgracia… Desgraciadamente, todas aquellas que me amaron murieron… Y esta también murió, estrangulada por mí… ¿Para qué vivir…?

En voz baja repitió:

—¿Para qué vivir? ¿Acaso no vale más ir a reunirme a ellas, a todas esas mujeres que me han amado… y que han muerto por su amor… Sònia, Raimunda, Clotilde Destange, la señorita Clarke?…

Tendió los dos cadáveres uno junto a otro, los cubrió con el mismo velo, se sentó a una mesa y escribió:

> He triunfado en todo, pero estoy vencido. He llegado al fin y caigo derribado. El destino es más fuerte que yo… Y aquella a quien amaba ya no existe. Yo muero también.

Y firmó: *Arsène Lupin*.

Metió la carta en un sobre, lo cerró, lo metió dentro de un frasco y lo arrojó por la ventana sobre la tierra blanda del macizo. Después hizo un gran montón con periódicos sobre el piso y echó en el mismo paja y astillas que fue a buscar a la cocina.

Derramó petróleo sobre el montón.

Después encendió una vela, que arrojó entre las astillas.

Inmediatamente se encendieron las llamas, que brotaron cada vez más fuertes, rápidas, ardientes y trepidantes.

«Marchémonos —se dijo Lupin—. El chalé es de madera y pronto arderá como una tea. Cuando lleguen de la aldea, y tengan que forzar la puerta de hierro y correr hasta este extremo del parque… ya será demasiado tarde. Solo encontrarán cenizas y dos cadáveres calcinados, y, cerca de allí, una botella con mi carta de adiós… Adiós, Lupin. Buenas gentes, enterradme sin ceremonias… Metedme en el ataúd de los pobres… Ni flores ni coronas… Una humilde cruz con este epitafio:

AQUÍ YACE
ARSÈNE LUPIN, AVENTURERO.»

Llegó al muro del recinto, se encaramó en él y volviéndose vio las llamas que ascendían al cielo…

Se dirigió a pie hacia París, errante, con el corazón lleno de desesperación, agobiado por el destino.

Y en el camino los campesinos se sorprendían al ver a aquel viajero que pagaba comidas baratas con billetes de banco.

Tres salteadores de caminos le atacaron una noche en pleno bosque. A bastonazos los dejó medio muertos en aquel lugar.

Pasó ocho días en una hostería. No sabía adónde ir… ¿Qué hacer? ¿A qué aferrarse? La vida le hastiaba. Ya no quería vivir más… No quería vivir más…

IV

—¿Eres tú?

La señora Ernemond, en la pequeña estancia de la villa de Garches, se hallaba en pie temblorosa, desconcertada, lívida y con sus grandes ojos abiertos ante la aparición que se erguía ante ella.

Lupin… Lupin estaba allí.

—Tú —dijo ella—. Tú… pero los periódicos han relatado que…

Él sonrió tristemente.

—Sí, que yo he muerto…

—¿Entonces?… ¿Entonces?… —dijo ella ingenuamente.

—Tú quieres decir que si yo he muerto, nada tengo que hacer aquí. Pero créeme, Victoria, que tengo para ello muy serias razones.

—¡Cómo has cambiado! —dijo ella, compasiva.

—Unas pequeñas decepciones… Pero se acabó. Oye. ¿Está aquí Geneviève?

La anciana saltó sobre él, súbitamente furiosa:

—¿Vas a dejarla en paz? Geneviève… ¡Volver a ver a Geneviève, llevártela! ¡Ah!, pero esta vez yo no lo permitiré. Regresó aquí cansada, pálida, inquieta, y apenas si está recobrando el color. Tú la dejarás en paz, te lo juro.

Lupin apoyó fuertemente su mano sobre el hombro de la anciana.

—Yo lo quiero… Lo oyes… yo quiero hablarle.

—No.

—Le hablaré.

—No.

Lupin la empujó. Pero ella recobró el equilibrio y se interpuso frente a él, con los brazos cruzados sobre el pecho, diciéndole:

—Tendrás que pasar sobre mi cadáver. La felicidad de la pequeña está aquí… Con todas tus ideas de dinero y de nobleza, estabas haciéndola desgraciada. Y eso no. ¿Qué y quién es ese Pierre Leduc? ¿Y ese Veldenz? ¡Geneviève, duquesa! Estás loco. Eso no es tu vida. En el fondo, ¿sabes?, no has pensado más que en ti mismo. Es tu poderío, tu fortuna, lo que tú querías. La pequeña te importa poco. ¿Acaso te has preguntado alguna vez si ella amaba a ese maldito gran duque? ¿Acaso te has preguntado alguna vez si ella amaba a alguien? No, solo has perseguido tu objetivo, eso es todo, a riesgo de herir a Geneviève y de hacerla desgraciada para el resto de su vida. Pues bien: yo no lo quiero. Lo que ella necesita es una existencia sencilla, honrada, y eso tú no puedes dárselo. Entonces, ¿qué vienes a hacer aquí?

Lupin pareció desconcertado, pero, a pesar de todo, con gran tristeza, murmuró en voz baja:

—Es imposible que yo no vuelva a verla. Es imposible que yo no vuelva a hablarle…

—Ella cree que has muerto.

—Eso es lo que yo no quiero que ella crea. Quiero que sepa la verdad. Constituiría una tortura para mí el pensar que ella me recuerda como alguien que ya no existe. Tráela, Victoria.

Hablaba con voz tan suave, tan desolada, que Victoria se enterneció, y le preguntó:

—Escucha… Ante todo, yo quiero saber. Todo dependerá de lo que tengas que decirme… Sé franco, hijo mío… ¿Qué es lo que quieres decirle a Geneviève?

Él respondió gravemente:

—Quiero decirle esto: Geneviève, yo le había prometido a tu madre el darte fortuna, poder y una vida de cuento de hadas. Y llegado ese día, logrado mi propósito, yo te hubiera pedido que me reservases un pequeño rincón cerca de ti. Feliz y rica, tú hubieras olvidado… Sí, estoy seguro, hubieras olvidado lo que yo soy o, más bien, lo que yo he sido. Por desgracia, el destino es más fuerte que yo. No puedo entregarte ni la fortuna ni el poder. No te entrego nada. Soy yo, más bien, por el contrario, quien necesita de ti. ¿Geneviève, puedes ayudarme?

—¿En qué? —preguntó la anciana con ansiedad.

—Ayudarme a vivir…

—¡Oh! —exclamó ella—. A tal extremo has llegado, pobre hijo mío…

—Sí —respondió él con sencillez y con sincero dolor—. Sí, a eso he llegado. Acaban de morir tres seres a quienes yo maté con mis propias manos. El peso de ese recuerdo es demasiado agobiante. Estoy solo. Por primera vez en mi vida tengo necesidad de ayuda. Y tengo derecho a pedirle ayuda a Geneviève. Y su deber es concedérmelo… Si no…

—¿Si no, qué?

—Todo habrá acabado.

La anciana se calló, pálida y temblorosa Volvió a resurgir en ella todo su antiguo afecto por aquel a quien había amamantado antaño y que, a pesar de todo, todavía continuaba siendo, para ella, «su pequeño». Preguntó:

—¿Y qué harás de ella?

—Viajaremos… Contigo, si quieres acompañarnos…

—Pero tú olvidas… Tú olvidas…

—¿Qué?

—Tu pasado…

—Ella lo olvidará también. Ella comprenderá que yo ya no soy eso… lo que era… y que ya no puedo serlo más.

—Entonces, verdaderamente, lo que tú quieres es que ella comparta tu vida, la vida de Lupin.

—La vida del hombre que yo seré, del hombre que trabajará para que ella sea feliz, para que ella se case según sus gustos. Nos instalaremos en cualquier rincón del mundo.

Lucharemos juntos, el uno cerca del otro. Y bien sabes de lo que soy capaz…

Ella repitió lentamente, con los ojos fijos en Lupin:

—Entonces, verdaderamente, tú quieres que ella comparta la vida de Lupin.

Él titubeó unos instantes, apenas unos segundos, y luego afirmó claramente:

—Sí, lo quiero, tengo ese derecho.

—Tú quieres que ella abandone a todos esos niños a los cuales ella se ha dedicado con devoción, toda esa existencia de trabajo que ella prefiere y que le es necesaria.

—Sí, lo quiero, y es su deber.

La anciana abrió la ventana, y dijo:

—En ese caso, llámala.

Geneviève estaba en el jardín, sentada en un banco. Cuatro niñas se agrupaban en torno a ella. Otras más jugaban y corrían.

Lupin la vio de cara. Vio sus ojos sonrientes. Tenía una flor en la mano y estaba desprendiendo uno a uno los pétalos, a la par que daba explicaciones a las niñas, que escuchaban con atención y curiosidad. Después las interrogó. Y cada respuesta le valía a la alumna la recompensa de un beso.

Lupin la observó largo rato con una emoción mezclada de angustia infinita. Todo un mundo de sentimientos ignorados fermentaba dentro de él. Sentía ansias de apretar contra su corazón a aquella hermosa joven, besarla y decirle el respeto y el afecto que por ella experimentaba. Y recordando a la madre, muerta en la pequeña aldea de Aspremond, muerta de pena…

—Llámala, pues —le dijo Victoria

Lupin se dejó caer sobre una butaca, balbuciendo:

—No quiero… No puedo… No tengo derecho… Es imposible… Que me crea muerto… Es mejor así…

Lupin se sintió estremecido por los sollozos, trastornado

por una inmensa desesperación, henchido de una ternura que brotaba de lo más íntimo de él, como esas flores tardías que mueren el mismo día en que se abren.

La anciana se arrodilló, y con voz temblorosa le dijo:

—Es tu hija, ¿verdad?

—Sí, es mi hija.

—¡Oh pobre hijo mío! —dijo ella, llorando—. Pobre hijo mío…

El suicidio

I

—¡*A* caballo! —ordenó el emperador. Y luego añadió—: O mejor, a lomos de asno. —Al ver el magnífico jumento que le traían—. Waldemar, ¿estás seguro de que este animal es dócil?

—Respondo como de mí mismo, señor —afirmó el conde.

—En ese caso, estoy tranquilo —contestó el emperador en forma mecánica.

Y volviéndose hacia su escolta de oficiales, agregó:

—Señores, a caballo.

Había allí, en la plaza principal de la aldea de Capri, una muchedumbre contenida por los carabineros italianos y en medio de la cual se encontraban todos los asnos de la región, requisados para la visita del emperador a aquella isla maravillosa.

—Waldemar —dijo el emperador, poniéndose a la cabeza de la caravana—, ¿por dónde empezamos?

—Por la villa de Tiberio, señor.

Pasaron bajo un arco y luego siguieron por un camino mal pavimentado que se elevaba poco a poco sobre el promontorio oriental de la isla.

El emperador se sentía de mal humor y se burlaba del colosal conde de Waldemar, cuyos pies arrastraban por el suelo de cada lado del desventurado asno, al que aplastaba con su peso.

Al cabo de tres cuartos de hora llegaron al Salto de Tiberio, peñascal prodigioso, de trescientos metros de altura, desde donde el tirano precipitaba sus víctimas al mar...

El emperador descendió de su cabalgadura, se acercó a la balaustrada y echó una mirada al abismo. Luego quiso seguir a pie hasta las ruinas de la villa de Tiberio, donde se paseó por las salas y los pasillos derruidos.

Se detuvo un instante.

La vista que desde allí se dominaba era magnífica, abarcando a la punta de Sorrento y toda la isla de Capri. El azul ardiente del mar dibujaba la curva admirable del golfo, y los frescos aromas se mezclaban al perfume de los limoneros.

—Señor —dijo Waldemar—, todavía es más hermoso el paisaje visto desde la pequeña capilla del ermitaño que se encontraba en la cumbre.

—Vamos entonces.

El propio ermitaño estaba bajando a esa hora a lo largo de un escabroso sendero. Era un anciano de paso vacilante y de espalda curvada. Llevaba en la mano el registro en el que los viajeros inscribían, de ordinario, sus impresiones.

Colocó ese registro sobre un banco de piedra.

—¿Qué debo escribir? —preguntó el emperador.

—Poned vuestro nombre, señor, y la fecha de vuestro paso por aquí... y lo que os agrade.

El emperador tomó la pluma que le tendía el ermitaño y se inclinó.

—Cuidado, señor, cuidado.

Se escucharon gritos de pavor... un gran estrépito por el lado de la capilla... El emperador se volvió. Y vio entonces una enorme roca que rodaba en tromba por encima de él.

En ese instante, el emperador fue sujetado por el ermitaño y lanzado por este a diez metros de distancia.

La roca fue a chocar contra el banco de piedra ante el cual se encontraba el emperador unos segundos antes. El choque hizo pedazos el banco.

Sin la intervención del ermitaño, el emperador hubiera perdido la vida.

El emperador le tendió la mano, y le dijo simplemente:

—Gracias.

Los oficiales se apresuraron a rodearle.

—No es nada, señores… No ha pasado nada más que el susto consiguiente… Un susto mayúsculo, lo confieso… A pesar de todo, sin la intervención de este hombre valiente…

Y acercándose al ermitaño, le preguntó:

—¿Cuál es su nombre, amigo mío?

El ermitaño había conservado puesto su capuchón. Lo apartó un poco, y en voz muy baja, de manera que no lo oyera más que su interlocutor, respondió:

—El nombre de un hombre que se siente muy feliz de que usted le haya estrechado la mano, señor.

El emperador tuvo un gesto de sorpresa y retrocedió.

Luego, dominándose inmediatamente, dijo a los oficiales:

—Señores, les ruego que suban hasta la capilla. Pueden desprenderse otras rocas, y acaso sería prudente el avisar a las autoridades de esta región. Después vendrán ustedes a reunirse conmigo. Tengo que dar las gracias a este excelente hombre.

Se alejó, acompañado del ermitaño. Y cuando ya estuvieron a solas le dijo:

—¡Usted! ¿Por qué?

—Tenía que hablaros, señor. Una petición de audiencia… ¿Me la hubierais concedido? No lo creo. Entonces opté por actuar directamente y pensé en hacerme reconocer de vuestra majestad cuando firmase el registro… Pero ese estúpido accidente…

—En resumen… —dijo el emperador.

—Las cartas que Waldemar os entregó de mi parte, señor… esas cartas son falsas.

El emperador hizo un gesto de viva contrariedad.

—¿Falsas? ¿Está usted seguro?

—Absolutamente seguro, señor.

—Sin embargo, aquel Malreich…

—El culpable no era Malreich.

—¿Quién era entonces?

—Pido a vuestra majestad que considere mi respuesta como un secreto. El verdadero culpable era la señora Kesselbach.

—¿La propia esposa de Kesselbach?

—Sí, señor. Ahora ya está muerta. Fue ella quien hizo, o mandó hacer, las copias que están en vuestro poder. Pero las verdaderas cartas las guardaba ella.

—Pero ¿dónde están? —exclamó el emperador—. Eso es lo importante. Es preciso encontrarlas a toda costa. Considero esas cartas de extraordinario valor…

—Aquí están, señor.

El emperador quedó estupefacto. Miró a Lupin, miró a las cartas, volvió a mirar a Lupin y seguidamente guardó el paquete sin examinarlo.

Evidentemente, una vez más, aquel hombre le desconcertaba. Entonces, ¿de dónde venía aquel bandido que poseyendo un arma tan terrible se la entregaba de aquella manera, generosamente y sin condiciones? Porque le hubiera sido tan sencillo el quedarse con aquellas cartas y usar de ellas a su capricho. Pero no, él había hecho una promesa Y ahora cumplía su palabra.

Y el emperador pensó en todas las sorprendentes cosas que aquel hombre había realizado.

Le dijo:

—Los periódicos han publicado la noticia de vuestra muerte…

—Sí, señor. En realidad, estoy muerto. Y la justicia de mi país se siente feliz de verse libre de mí y ha hecho enterrar los restos calcinados e irreconocibles de mi cadáver.

—Entonces, ¿estáis libre?

—Igual que lo he estado siempre.

—¿Ya nada os tiene ligado a nada?

—Nada.

—En ese caso...

El emperador dudó unos momentos, y luego dijo con firmeza:

—En este caso, entrad a mi servicio. Os ofrezco el mando de mi policía personal. Seréis amo absoluto. Tendréis todos los poderes, incluso sobre la otra policía.

—No, señor.

—¿Por qué?

—Porque soy francés.

Hubo un silencio. La respuesta desagradó al emperador, quien dijo:

—Sin embargo, puesto que nada os tiene ligado...

—Pero lo que me liga no puede desanudarse, señor.

Y añadió, riendo:

—Como hombre he muerto, pero soy un ser vivo como francés. Me sorprende que vuestra majestad no lo comprenda.

El emperador dio unos pasos a derecha e izquierda, y después dijo:

—De todos modos quisiera corresponderos. He sabido que las negociaciones respecto al gran ducado de Veldenz se han roto.

—Sí, señor. Pierre Leduc era un impostor. Ha muerto.

—¿Qué puedo hacer por usted? Usted me ha entregado estas cartas... Usted me ha salvado la vida. ¿Qué puedo hacer?

—Nada, señor.

—¿Se empeña usted en que yo quede como deudor?

—Sí, señor.

El emperador miró una última vez aquel hombre extraño que se erguía ante él como un igual. Luego inclinó ligeramente la cabeza y, sin pronunciar una palabra más, se alejó.

—¡Vaya con su majestad! Le he cerrado una salida —dijo Lupin, siguiendo al emperador con la mirada.

Y filosóficamente agregó:

—En verdad, la revancha es insignificante, y me hubiera gustado mucho más recobrar Alsacia y Lorena... Pero, de todos modos...

Se interrumpió y golpeó el suelo con un pie.

—¡Condenado Lupin! Serás siempre el mismo, hasta el último minuto de tu existencia, odioso y cínico. Serenidad, sangre fría, ha llegado la hora... Ahora o nunca.

Ascendió por el sendero que conducía a la capilla y se detuvo ante el lugar de donde se había desprendido la roca

Se echó a reír.

—La obra fue bien realizada y los oficiales de su majestad no vieron más que fuego. Más ¿cómo hubieran podido adivinar que fui yo mismo quien excavó esta roca, quien en el último instante di el golpe de pico definitivo y la roca rodó, siguiendo el camino que yo había trazado entre ella... y el emperador?

Suspiró:

—¡Ah, Lupin, qué complicado eres! Y todo eso porque habías jurado que esta majestad te daría la mano. ¿Y qué has sacado con todo ello? «La mano de un emperador no tiene más de cinco dedos», como dijo Victor Hugo.

Entró en la capilla y con una llave especial abrió la puerta baja de una pequeña sacristía.

Sobre un montón de paja yacía un hombre con las manos y los pies atados y una mordaza en la boca.

—Bueno, ermitaño —le dijo Lupin—. La cosa no ha durado demasiado, ¿verdad? Veinticuatro horas, a lo sumo… ¡Qué bien he trabajado por cuenta tuya! Imagínate que acabas de salvarle la vida al emperador. Eso es la fortuna. Van a construirte una catedral y levantarte una estatua… hasta el día en que te maldecirán… Los individuos de esta clase pueden hacer tanto daño… sobre todo aquellos a quienes el orgullo acabará por hacerles perder la cabeza. Escucha, ermitaño, toma tus hábitos.

Desconcertado, casi muerto de hambre, el ermitaño se irguió, titubeante.

Lupin volvió a vestir su ropa con rapidez, y le dijo:

—Adiós, digno anciano. Perdóname por todas estas molestias, y reza por mí. Voy a necesitarlo. La eternidad me abre sus puertas de par en par. Adiós.

Permaneció unos instantes en el umbral de la capilla. Era el instante solemne en que, a pesar de todo, se duda ante un terrible desenlace. Pero su resolución era irrevocable, y, sin reflexionar más, se lanzó pendiente abajo corriendo, cruzó la plataforma del Salto de Tiberio y cabalgó sobre la balaustrada.

—Lupin, te doy tres minutos para hacer el payaso. Pero, dirás tú, ¿de qué sirve si no hay nadie aquí?… Pero ¿acaso no estás tú? ¿No puedes representar para ti mismo tu última comedia? ¡Caray!, el espectáculo vale la pena… Arsène Lupin, obra cómico-heroica en ochenta cuadros… El telón se alza sobre el cuadro de la muerte… Y el papel lo representa Lupin en persona… Bravo, Lupin… Señoras y señores, palpen mi corazón… Setenta pulsaciones por minuto… Y la sonrisa en los labios. Bravo, Lupin… ¡Ah, ese bromista, qué cara dura tiene! Bien; salta, marqués… ¿Estás listo? Es la aventura suprema, amigo mío. ¿No lo lamentas? ¡Y por qué, Dios mío! Mi vida fue magnífica. ¡Ah, Dolores, si nunca hubieras aparecido, monstruo abominable! Y tú, Malreich, ¿para qué me hablaste?… Y tú, Pierre Leduc…

Heme aquí… Mis tres muertos, voy a unirme a vosotros…
¡Oh, mi Geneviève, mi querida Geneviève… Pero ¿no se ha
acabado esto, viejo payaso? Ya voy… Ya corro…

Pasó la otra pierna por encima de la balaustrada. Miró al
fondo del abismo y vio el mar inmóvil y sombrío. Alzando
la cabeza, dijo:

—Adiós, Naturaleza inmortal y bendita *Moriturus te
salutat*. Adiós, todo cuanto es bello. Adiós, esplendor de las
cosas. Adiós, vida.

Envió besos al espacio, al cielo, al sol… y, cruzando los
brazos, saltó.

II

Sidi-bel-Abbés. El cuartel de la Legión Extranjera. Cerca de
la sala de informes, una pequeña habitación de bajo techo
donde un ayudante fuma y lee un diario.

A su lado, cerca de la ventana abierta, asomando sobre el
patio, dos endiablados suboficiales parlotean en un francés
ronco, mezclado de expresiones germánicas.

La puerta se abre. Entra un hombre delgado, de talla media, elegantemente vestido.

El ayudante se pone en pie, de mal humor contra el in-
truso, y gruñe:

—¡Oh!, ¿qué demonios hace el centinela?… Y usted,
señor, ¿qué quiere?

—Prestar servicio.

Lo dijo con claridad, imperativamente.

Los dos suboficiales rieron burlones. El hombre los miró
de reojo.

—En una palabra, ¿usted quiere alistarse en la Legión? —preguntó el ayudante.

—Sí, lo quiero, pero con una condición.

—Caramba, condiciones… ¿Y cuál es?

—La de no pudrirme aquí. Hay una compañía que sale para Marruecos. Quiero irme en ella.

Uno de los suboficiales bromeó de nuevo y se le oyó decir:

—Los moros van a llevarse un susto. Este señor se alista…

—¡Silencio! —gritó el hombre—. No me gusta que se burlen de mí.

El tono era seco y autoritario.

—Escucha, recluta, a mí hay que hablarme de otro modo… Porque si no es así…

El suboficial, que era un gigante y tenía el aspecto de un bruto, replicó:

—Si no es así, ¿qué?…

—Entonces vais a ver cómo me llamo yo…

El individuo se acercó a él, le agarró por la cintura, le balanceó sobre el borde de la ventana y le tiró al patio. Y luego le dijo al otro:

—Y ahora tú. Lárgate.

El otro se marchó.

El individuo se volvió inmediatamente hacia el ayudante, y le dijo:

—Mi teniente, le ruego que avise al comandante que don Luis Perenna, grande de España y francés de corazón, desea alistarse al servicio de la Legión Extranjera. Vaya usted, amigo.

El otro, desconcertado, no se movía

—Vaya, amigo, inmediatamente. No tengo tiempo que perder.

El ayudante se levantó, observó con mirada curiosa a aquel sorprendente personaje y, con la mayor docilidad del mundo, salió. Entonces Lupin sacó un cigarrillo, lo encendió, y en voz alta, al propio tiempo que se sentaba en el lugar del ayudante, dijo:

—Puesto que el mar no me ha querido, o, más bien, puesto que en el último momento yo no he querido el mar, vamos a ver si las balas de los moros son más compasivas. Y, además, a pesar de todo, eso será más elegante… Haz frente al enemigo, Lupin, y hazlo por Francia…

Sobre el autor

MAURICE LEBLANC (1864-1941) creó Arsène Lupin en 1905 como protagonista de un cuento para una revista francesa. Leblanc nació en Ruan (Francia), pero empezó su carrera literaria en París. Había estudiado Derecho, trabajaba en la empresa familiar y había escrito algunos libros de poco éxito cuando Lupin se convirtió en uno de los personajes más célebres de la literatura policíaca. Es un ladrón de guante blanco, culto y seductor, que roba a los malos. Es el protagonista de veinte novelas y relatos y sus aventuras lo han convertido también en héroe de películas y series para televisión. Para muchos, las historias de Arsène Lupin son la versión francesa de Sherlock Holmes.